SORCEROUS STABBER
ORPHEN

魔術士オーフェンはぐれ旅

Season 2 : The Sequel

キエサルヒマの終端

秋田禎信
YOSHINOBU AKITA

SORCEROUS STABBER
ORPHEN

CONTENTS

キエサルヒマの終端

プロローグ

「クリーオウ、今ここにキリランシェロが――あ、ごめんなさい」

病室に駆け込むなり切羽詰まった様子で叫びかけたレティシャの声は、入ってきたのと同じくらい唐突に、拍子抜けしたように勢いを失った。

爆弾みたいなものである。着替えの途中の体勢でトレーナーの襟首の内側から彼女を見つめて、クリーオウはただ呆然《ぼうぜん》とするしかなかった。とりあえず首を通して左右に振り、髪を引っ張り出すと、

「う、うん。さっき来て、すぐ出て行ったけど。そこにマジクいなかったですか?」

戸口の外を指さして確認する。ついさっき、着替えのためにマジクを追い出したところだ。それからすぐにレティシャが飛び込んできたのだが、彼を素通りしてくるのも変だ。

レティシャは開けっ放しの入り口から廊下を見、かぶりを振ってみせた。

「いないけど」

「そう。じゃあ、怒って帰ったのかな。オーフェン追いかけるのには反対してたし――」

「キリランシェロを？　追う？」

それをレティシャが言った時、クリーオウはちょうどズボンを穿《は》こうとうつむいていたため相手の表情は分からなかったが。声からは、はっきりとこんな気配が伝わってきていた――なにを馬鹿なことを？

着替えを終えて、クリーオウは改めてレティシャに向き直った。身支度を整えながら言い直す。

「オーフェン、今度はひとりで旅をするって言って、そこを出て行ったんです。でもそんなに急いでる様子もなかったから、追いつけるかなって」

「急いでる様子もなかった？」

さっきから繰り返しばかりを口にする彼女に、クリーオウは逆に疑問符を浮かべた。訊《たず》ねる。

「なにかあったんですか？」

すうっ……と、レティシャの深呼吸の音がはっきりと聞こえた。彼女は目を丸く見開いたまま、なにかに耐える仕草で両手を揉《も》んでいる。長い黒髪は珍しく乱れ、顔色も

——申し訳ないが——ひどいものだった。あの戦闘に参加した魔術士たちの例に漏れずレティシャも負傷していた。その治療の疲れもあるのだろうし、聞くところによると戦死した魔術士の中には、彼女の友人や家族までいたらしい。そこにまたひとつ別のものが加わったのだとクリーオウは直感した。

そしてこれは勘に頼るまでもなかった。オーフェンが関係している。

クリーオウはベッドの上に丸くなって寝ている黒い子犬を抱き上げた。小さいが確かに存在するその塊を暖めるように胸に抱える。

それを見てレティシャはまたさらに虚を突かれたらしい。

「その犬は?……ちょっと待って。なんで病院に犬がいるの。クリーオウ? なんで着替えてるの? キリランシェロは——」

今さら思いついたように疑問を重ねていく。途中で遮って、クリーオウは答えやすいものから答えていった。ディープ・ドラゴンについては今話す必要はないだろう。

「退院しようと思って」

と、荷作りを済ませた鞄《かばん》を示す。

「気力が回復したら出て行っていいって言われてたから」

「そりゃあ、医者からしたらそうでしょうけど」

レティシャは呆《あき》れ返ったらしい。腕組みし、滔々《とうとう》と語り出すその姿は、彼女が教師だということを思い出させる。

「あなた、精神融合していたディープ・ドラゴンから無理やり引きはがされたのよ。そう簡単に回復するわけが……」

「ティッシだって銃で撃たれたのにもう歩いてるし」

「そりゃそうだけど」

（自分のことは別だと思ってるのよね、魔術士って）

今度はこっそり、こちらが呆れる番だった。とりあえず、医者が退院してもいいと言ってるのだからレティシャが止めるというのは筋違いだろう。

それでもレティシャは頑なに睨みつけてくる。それで理解できた——止めたいのは別の理由があるからだ。

背後の入り口を見やってから、レティシャはクリーオウの間近にまで進み出た。声を抑えてそっと告げてくる。

「貴族連盟は、キリランシェロを王権反逆罪で告発した。結果は有罪。プルートーやマリア先生が最後まで抵抗したけど……《十三使徒》が解体されて、プルートーも騎士位を失ってるし、彼自身も同罪に問われてるしね。どうにもできなかった。こんなに早く結審なんて――」

「王権反逆？　どうして？」

話の途中だったが、声をあげる。

神妙に、レティシャは続けた。

「天人種族の遺産を貴族連盟に無断で使用しただけで重罪なのに、その上、聖域と接触して壊滅させた罪まで負う形になってしまった。歴史上最大の罪状よ。魔術士同盟の保護を貴族連盟は認めなかった。あの子が同盟に所属していないのがばれて――」

と、匙《さじ》でも投げるように手をひらひらと回す。指をそのままこめかみに当てて、彼女は痛々しげに嘆息した。

「プルートーが激怒して法廷は大荒れ。キリランシェロはキリランシェロで法廷に一度も来なかったし。こんな時フォルテがいてくれればなんとかできたかもしれないのに、精神士の攻撃を受けて療養中だって。そのことも状況を悪くしたの。白魔術士は貴族連盟の管理下にあるから、同盟は暗殺未遂を貴族連盟によるものと目して対決姿勢を強めてる。下手すると戦争になるかもしれない」

「戦争？　魔術士と貴族との？」

これもまた飛躍した単語のようだったが、おうむ返しに戻ってきてもレティシャは顔色も変えない。となればさほど素っ頓狂な話というわけでもないらしい。

「魔術士同盟と貴族連盟。他にも教会総本山だって大騒ぎになってるらしいし、混乱を機に独立を狙っていたアーバンラマや、トトカンタだって自給自足ができる。ドラゴン種族の聖域が失われたことで、今まで保たれていた王立治安構想が一気に弾《はじ》けてしまった。新しい体制ができるのよ。これから、猛烈な勢いでね」

顔をしかめ、レティシャはさらに声色を沈めた。

「既に貴族連盟が殺し屋を放ったなんて噂《うわさ》もある。彼らは是が非でもキリランシェロを英雄にしたいんでしょうね」

「英雄に？」

「ええ。王立治安構想の殉教者にね。彼らにとっては、誰かが世界を救って死んでくれるのが一番良かった。そうすれば後腐れないものね。まあその次に良いのが、世界を救った後に救世主として君臨すること。貴族連盟がその役目を見込んでいたのはコルゴンだったんでしょうけど……彼も行方不明」

「………………」

第二世界図塔の、あの後の出来事については、マジクからあらましを聞いている。マジクにとってはほとんどが理解できなかったことのようだし、実際クリーオウにも分かりそうになかったが。

はっきりしているのは領主様とロッテーシャは死んだということ。死んだのはふたりだけではない。《十三使徒》は壊滅し、数人しか生き残らなかった。聖域側の犠牲者も少なくはない。

すべてはあの装置を起動させるための犠牲だったのだ。装置によって大陸の滅亡を退散させ、完成し得ない完璧な安全――および免れ得ない確実な破滅――と引き替えにして、少なくともまっとうな可能性のある未来を手に入れるための。

ディープ・ドラゴン種族……レキもそうして自ら犠牲になった。

クリーオウは、手の中で震える塊に視線を落とした。子犬を持ち上げると唇を寄せ、息を吹きかける。こんなことで温まってくれるかどうかは分からなかったが、震えは多少収まったように思えた。胸の上に抱きかかえ、クリーオウはその生命に頰を触れさせた。

実感が込み上げてくる――自分は大きなものを喪《うしな》ったのだ。なくしたものは二度と還《かえ》ってこない。

クリーオウがそうしている間、レティシャもしばし考え込んでいたらしい。やがて顔を上げるのは、クリーオウよりやや遅れた。

「そうね。こんな時に王都にいるよりは、退院したほうがいいかもしれない。あなたはわたしが親御さんのところに届けるから」

「帰りません」

思った時には、言葉は口から出た後だった。自分の衝動に胸がざわめくが、だからといってそれを引っ込めようとも思えない。もとより、そのつもりでいたことだ。

「帰らない？」

顔をしかめて訊ねてくるレティシャに、クリーオウはうなずいた。

「親には伝言を送ります。しばらく帰れないって。わたしはオーフェンを追います」

「なんで」

詰め寄って、レティシャは念押ししてくる。

「あの子は今や、派遣警察に追われる身よ。あなたの手に負える状況じゃない」

彼女は止めようとしていたに違いないが、クリーオウは降りかかる言葉に別の意味を見出していた。

（そうだ。その指摘は正しい）

それは分かる。以前なら、そこは無視して突っ切ったかもしれない。ほんのわずかにかもしれないが、今は違う。

レティシャ・マクレディ。彼女は大陸でも有数の、本当に強力な魔術士のひとりだ。魔術士であるというのがどういうことか、誰よりもよく知るひとりだ。これも今なら分かる。

その彼女を真正面から見返して、クリーオウは告げた。

「今のわたしに無理なら、教えてください」

「教える？」

「魔術士としての訓練をして欲しいんです」

「そんなことをしてなにが――」

なにになるのか。そうではない。クリーオウは首を左右に振った。

「なにもできないのを変えたいんです」

今、仮にオーフェンに追いつけたとしてもなんにもできない。なんの力にもなれない。自分にはその準備ができていない。自分だけではなかった――クリーオウは、手の中の重さをもう一度感じた。このディープ・ドラゴンはもう少し大きくならなければ旅に耐えられないだろう。

レティシャは困惑しているというより、その目には既に怒りが見えた。

「一人前になるなんていうのはね、場所を選んでなるもんじゃない。わたしに教えられ

てなれるものなら、お母さんのところでだってなれる。どう言ったら納得してくれるの」

「一年間でいいです」

それでも退かずに、クリーオウは前に出た。

「？」

「一年間、わたしに教えてください。一年後、やっぱりあなたの許可が出なければ、家に帰ります」

「…………」

黙して、レティシャは病室を見回した。

なにを見たのか。クリーオウの見る限り、彼女の視線はどこにも留まらなかった。沈黙は決して短くない。張り詰めた空気を計算に入れても、錯覚ばかりではなく本当に長い静寂だった。ふと気づいた時にはレティシャは動きを止め、そして指を三本立ててみせた。

「条件がみっつ」

なにがいくつだろうと返事は変わらない覚悟はあるつもりだったが、クリーオウは唾《つ》を呑《の》んでうなずいた。感情を交えずレティシャは続ける。

「ひとつには、伝言で済まそうなんて駄目。一度ちゃんと家に帰りなさい。その上で家族に説明して承諾を得ること。あなたを預かるのなら、わたしも挨拶したいしね」

「はい」

「もうひとつは、生徒として来るのなら今度はもうお客とは扱わないからその覚悟はしておくこと。それに状況によっては、一年を待たずにあなたを家に帰すかもしれない。まあ、その公算のほうが強いでしょうね」

「はい」

答えは分かっていたのだろう。レティシャはやれやれと肩をすくめてみせた。

「みっつめは……そうね。一年後があったら、その時に言う」

「はい」

そのみっつめの条件も、もう分かっているように思えた。

そしてレティシャがなにを見回していたのか。それも理解した。彼女は空気をのぞいていたのだ。王都の、そしてこれまで封じられ、時を停めていたこの世界が移り変わろうとしている、その流れを。

（きっと色んなことが変わっていく――わたしだけじゃなく、みんな）

クリーオウはそれを感じていた。変化と戦い、かつ拒絶しないこと。それが絶望に対してあの人が世界に解き放った、ただひとつの願いだったのだから。

第一章　季節が過ぎて

キムラックの大崩壊から季節ふたつほどが過ぎただろうか。

あの日以来、一睡もしていない――まあ、それは嘘《うそ》だ。死の教師は荒涼とした平地に立って、己の痴《し》れ言《ごと》を認めた。まぶたが腫れぼったく感じるのはこの土地では当たり前のことで、むしろそれについては黄塵《こうじん》がなくなった時から軽減されたほどだが。

（いやぁ、嘘でもねぇな）

思い直す。

眠ってなどいない。眠ろうとしても風が地面を撫《な》でる音だけで目が覚める。そうなれば見回りをしないと寝直すことなど思いもよらない。ただでさえこの土地ではあまりにも大勢が死んだのだ。

そして最後のひとりが死ぬまでそれは続くだろう。敗北はとうに決していた。考えてみれば数百年前から決していたのかもしれない。

サルア・ソリュードはそれについても己の痴れ言を認め、またさらに思い直した。

どこまでも荒れ果てた平原が続いていた。彩りになるような緑も川もない。ここは荒れ地キムラックにおいてもさらに荒廃した内陸地だった。大崩壊後、ここをキムラックと呼ぶ者もいなくなった。教会総本山はもはや存在していない。

目印を見つけて、彼は足を止めた。目印は誰かがそのつもりでつけたものではない。地面をえぐる爆発跡、焦げ跡、彼がちょうど踏んだ足場の砂は焼け溶け、いまだ熱を帯びている。これほどの火力は銃器でも大砲でもない。魔術だ。

あまり期待はせずに、あたりを探した。目当ての姿が目に入った時、少なからず彼は驚いた。もうとうに幸運などは忘れていた。悪運ですら縁がない。

つまるところこれもなにか不運の一部なのだろうか。投げ遣《や》りに、サルアは声をあげた。岩陰にうずくまる黒ずくめの男に向かって。

「いよう。噂になってるぞ。魔王オーフェン」

「そんな呼び名なのか」

彼は否定せず、身じろぎもしなかった。

(こんだけ風が吹き荒れて、おまけに死角から近づいたってのに、随分前から気づいてたってのかよ)

だが、それほど意外なことではない。サルア・ソリュードがかつて知っていたこのモグリの魔術士ですら一級の術者だった。そしてここ最近の噂からすると、どうやらそれどころではなかったというわけだ。

岩陰に潜み、黒魔術士の姿はよく分からない。休んでいるように見えた。サルアはあえてそれ以上近づかずに話を続けた。会話を邪魔する風を睨《にら》みながら。

「ああ。目ン玉が飛び出るような賞金もかかってるしな。賞金首なら俺も同じだが、値段が違い過ぎてなんだかへこむよ。で、どうした。なにやってる」

「今日のは随分と手練《てだれ》の連中でな……ヘマをした」

どうやら負傷しているらしい。サルアはつぶやいた。

「騎士隊に手練じゃない奴なんているのかね。まあいいや。俺が訊《き》いてるのはだ。こんな噂を耳にするからさ。魔術士排斥で知られたこのキムラックの土地で、騎士団を相手に神出鬼没に暴れ回ってる魔術士がいるらしいってな」

それはキムラック崩壊後、何か月かしてから耳に入った噂だった。

キムラックに発生したのは、最初は純然たるパニックだった。大陸から結界が失われたあの日、同じく失われたものがあった——キムラックの秩序だ。荒れ地での過酷な生活を維持するただひとつの力であった信仰は折れ、教会総本山は教徒の蜂起に遭った。

そして信じられないことが起こったのだ。教主が姿を消した。

カーロッタとその配下数十名が都を脱出するのが目撃されている。教主が護衛を連れて逃亡したと考えるのが自然だった。

すべてが崩壊した。軍を持たないキムラックは、事態の沈静化のため、王都に騎士軍の出動を要請した。海路を使って軍は来た。派遣警察を含んだ最精鋭部隊が。彼らが最初にこなした任務は、魔術士同盟を支援したという咎《とが》を着せ、教会のトップから順番に皆殺しにしていくことだった。騎士団はキムラックの混乱を煽《あお》り立て、自らも群衆に発砲した。彼らの意図はキムラックを占拠してタフレム市への砦《とりで》とするとともに、数万のキムラック教徒を難民としてタフレム、アーバンラマ両市に殺到させることだった。

そうまで王都貴族連盟とタフレム市魔術士同盟の対立が本格化していることを見抜けなかった指導部の失策だ——《十三使徒》は解体、プルートー以下魔術士はみな《牙の塔》に逃げ込み、大陸魔術士同盟を王都に対抗する組織へと編成し直した。貴族連盟は《十三使徒》の反乱は同盟の支援を受けてのことと断定し、魔術士同盟そのものに王権反逆罪の嫌疑をかけた。

貴族連盟にとって目下の敵となるのはタフレム市だった。アーバンラマには自衛以上の戦力はなく、トトカンタ市に対しては航路だけ封じてしまえば、極寒の地マスマテュリアを越えて行軍できる軍隊などあり得ない。さらに派遣警察組織が騎士軍として王都に引き上げれば、各地の武装盗賊への抑えはなくなり、それだけで地方の治安は悪化し、各都市はその防備で手一杯になってしまう。もとより騎士軍に対抗できる軍隊など、魔術士組織以外にはないのだが……。

サルアがキムラックに戻ったのはこの頃だった。

キムラック教徒はすべてが難民になったのではなかった。長年暮らした都市を取り戻すため戦おうと、荒野に根を張ろうとする者もいた――恐らくは、騎士軍が予想したよりも多く。サルアらはそうした連中と合流し、元教師として指揮することを申し出た。彼らを即席の戦闘員に教育し、武装盗賊と交渉して（あるいは襲撃して）武器を手に入れ、食糧も確保する。そのどれもが万難排してうまくいったとは言い難い。が、なんとか形を保ってきた。

その後、しばらくしてのことだった。さっきの噂だ。騎士隊と交戦し、キムラック教徒を守る魔術士がいるという。噂は誇大化するものとはいえ、その魔術士の力量は信じがたいものだった。たったひとりでどこからともなく現れ、瞬く間に敵を無力化してしまう。しかも特筆すべきは、彼の現れた戦場にはひとりの死者も出ないというのだ。

（そういう甘っちょろい奴には心当たりがあったけどな）

　長い沈黙の中、サルアは剣を持ち直した。かといって構えたわけではない。ただ汗で滑りそうだったのだ。剣の柄《つか》に巻き付けた革紐《かわひも》はとうにすり切れ、持ち主の手の皮と同様ぼろぼろだ。

　剣はガラスの剣ではない――あの役立たずの剣は、キムラックを追われてほどなくして練習中に折れた。刀身の折れる音は、数週間ほど耳に残った。それは囁《ささや》き声にも聞こえ、もうお前には資格がないと言われたように思えた。しばらくして、この剣は必要がないと聞こえるようにもなった。最後には、これは兄の断末魔だ、お前をかばって死んだ男からの報いだとしか聞こえなくなった。

　そのくらいの悪夢は受け入れる義理がある。そう思ったら声は消えた。すべてはままならない。そうメッチェンに語った夜、彼女は優しく微笑《ほほえ》んでくれた。

「みんなで戻ってきたのか？」

「ん？」

　魔術士の問いかけに物思いを遮られ、サルアは聞き返した。が、すぐに思い至って言い直した。

「ああ、メッチェンはな。だが彼女はもう戦えない身体だ。オレイルは死んだ。彼を覚えてるか？」

「ああ」

いまや魔王と呼ばれる魔術士の声には、皮肉としか言いようがないほど力がなかった。その声で地を裂き天を衝《つ》く力をもたらす男だというのに……震え、疲れ、かすれて消え入りそうだ。微風《そよかぜ》にすら負けそうなほどに。

「お前がここにもどってるとはな」

意外そうに言う魔術士に、サルアは苦笑した。

「教主とカーロッタがいなくなっちまえば、もどってくるさ。俺だってキムラック人だ」

「実を言うと、俺は別に遊撃が目的でここに来たんじゃない。お前を探してたんだ」

彼の言い様に、サルアは目を見開いた。

「俺だと？」

真偽を確かめようにも魔術士の姿は岩に隠れたままだ。後ろを向いた頭と肩が見えるに過ぎない。

「アーバンラマに流れた難民がどうなってるか、知ってるか？」

魔術士の言葉に首を振る。

「さあな。意外に思えるかもしんねぇが、新聞を買う余裕はなくてね。だが、まあろくなことにはなってないだろうな」

「まったくだ。アーバンラマは無論、難民を受け入れてもやっていけるような余裕はない。だがアーバンラマの事業家が、キムラック人が生き延びるための提案を持ち出してね。ただし、彼らに話をするにしても、まずはキムラック人をまとめられる人間が必要なんだ。キムラック教師は真っ先に殺されちまったから……」

「なるほど。死の教師でも構わないか」

サルアはぶらりと進み出た。話し相手の隠れる岩陰へと近づいていく。

「で、その提案ってのは？　まず俺たちが支払う対価から聞こうか」

「労働力だ。今より遥《はる》かに劣悪で危険な労働だが、少なくとも生き延びる可能性はゼロじゃなくなる」

「良くも悪くもねぇ話だな。奴隷になれってか？　ところで今、アーバンラマは難民を受け入れる余地はないと聞いたばかりだが」

「働くのはアーバンラマでじゃない」

「ああ、どうせ戦奴隷の話だと思ってたよ」

予想通りに失望して、足を止める。が。

「いや、違う」

魔術士は否定した。

「なにが違う？　妙な建前は言うなよ。こっちには年寄りも女も子供もいる。俺たちが難民になるのなら騎士軍はあえて追撃してこないかもしれないが、アーバンラマまでの道のりにゃ武装盗賊もうようよしてる。派遣警察隊が王都に引っ込んだからな」

「来る気があるのなら道は俺が切り開く」

話の都合の良さにかえって苛立ち、サルアは声を荒らげた。

「ひとりでか。なんでお前がそこまでするんだ。悪いが、善意なんてものを信じるにゃ何千って命は重いんでね」

「俺も、罪滅ぼしってほど図々しくはないさ。必要な報酬をもらうためだよ。キムラック人の指導者をアーバンラマに連れて行けば俺も船に乗せてもらえる。そういう約束になっている」

「船？」

「開拓者を乗せる大型船だ。アーバンラマ資産家の大多数はこの大陸に見切りをつけたが、かといって未開拓の土地にいきなり自分が移り住むつもりはないってわけだ」

なにを言っているのか。

突然、話についていけなくなった。が、その不穏当な気配は心臓が感じ取っている。

眠気がすっ飛び、サルアはよろめいた。

「おい、まさか——」

「ここまで話してまさかもあるか。単純な話だ。アーバンラマは危険な開拓地に送る、モラルが高く勤勉な労働力が欲しい。既に第一陣としてキムラック難民の一部が出航してるが、まとめる人間がいないせいで、ひどい条件を呑んでしまっていてな。スポンサーの中にはしてやったりと思ってる奴もいるが、そうでないのもいる」

魔術士は空気を求めてあえぐように、一拍おいた。

一瞬、話の途中でこの男が死ぬのではないかと、サルアは悪寒に身を震わせた——あるいは安堵《あんど》してか。どちらなのかと思い直す前に、結局のところ話は続いた。

「待遇や契約についてはアーバンラマに着いてから話し合ってもらって構わないが、今のところ俺の雇い主は、開拓公社が取り交わす標準の契約を順守するところまでは了承している。あとはお前たちに、貴族連盟が決して追ってこない土地を目指して危険を冒すつもりがあるかどうかだ」

当然、否だ。

サルアは迷わなかった。

「リスクが高すぎる」

「おためごかしは言わない。全員無事になんて保証は俺にはない。だが現状はどうなんだ？　王都は治安構想を維持するためだけにキムラックを攻撃した。奴らは本気だ。今まで棚上げしてきた敵対勢力と、ここで決着をつける気でいる」

「先祖代々住んできた土地を離れるよう説得するのは、一筋縄じゃいかねぇよ。年寄りもいるって言ったろ。それができなかったからまだここに残ってるような連中だぞ」

「もともと、人間は外の大陸から来たんだろ」

「そうだが、そんな屁理屈《へりくつ》――」

「教主が先に行ったと言え」

用意していた札を事務的に開いていくように。

完成した組札の一枚を魔術士が提示するのは、サルアももちろん予想してはいた。だが、そこに開いた札に描かれているものが、予想外ではあった。

「ああん？」

「どんな手を使ったんだか、先遣隊に教主とカーロッタが紛れ込んでた。開拓団の第一陣は教主の精神支配に屈して、再び彼らの支配下にある。教主は大陸の外で新しいキムラックを築くつもりでいる――いまだに自分を始祖魔術士だと思い込んだままな」

「？」

サルアが顔をしかめると、黒魔術士は失言だと手を振った。

「まあそれはこっちのことだ。ここを離れがたい者には、教主は裏切ったんじゃなくて教徒を守る新たな都市を見つけに行ったんだということにして説得しろ」

「なら、この話はなしだ。帰ってくれ」

胸のむかつきをそのままに、口に出す。

だが、魔術士は答えずにじっと待っていた。なにも言わない。

それがなおさら腹立たしい——歯噛《はが》みして、サルアはうめいた。分かっているのだ。この申し出がどれほど道理を、意地を踏みにじろうとも、砂を蹴って一刀両断に突き返すことはできないと。

それでも、叫ばずにはいられなかった。

「奴らは教徒を見捨てていったんだぞ！　そいつの後を追いかけて、また従わせてくださいとでも頼めってのか——」

「いいや」

黒魔術士は静かにかぶりを振った。

「カーロッタを殺して教主を取り戻し、従わせるんだ」

静かな口調だった。なんの感情も、躊躇《ためら》いもない。

ずっと感じていた違和感の正体を見極めて、サルアは面食らった。この魔術士が見せているのは、暗殺者の顔だ。

必要とあらば殺す者の目だ。

「お前……」

つぶやいたまま、言葉を失う。

と、こちらを向いた黒魔術士の浮かべた表情は、以前にも見た、照れにも似た皮肉っぽさが滲《にじ》んでいた。

「まあ、殺さずに済むならそのほうがいいが、あの女が相手じゃな。殺すつもりでかからないと危なっかしい。それに教主の寿命も、そう長くないさ。天人種族が滅んだからな」

彼はそう言ってから、大きく息をついた。

言い訳でもするように付け加えてくる。

「俺はそんなに変わったわけじゃない。少し荒《すさ》んだかもしれないが」

足下をふらつかせながら、身体を持ち上げる。

腹部を押さえて立ち上がった黒魔術士を見て、サルアはまた目を瞠《みは》った。

「おい。お前……それは」

凄惨な傷と、指の間からこぼれ出ているその傷の中身に、思わず後退《あとずさ》りする。

恐れを成《な》したのは傷そのものに対してではない――呆然と、サルアはつぶやいた。

「さすがに死んでねぇとおかしいだろ。どういうこった」

「やられたわけじゃない。制御にしくじって自爆したんだ。この世で最強の力とかいうが、足を引っ張るばかりで到底まともには使えない代物でね」

当人は落ち着いたものだった。

が、物の道理を求めてサルアは詰め寄った。

「そんなことを訊いてるんじゃない。そのダメージで生きていられるわけが――」

「だから、制御しきれない大魔術のポカだ。危うく死ぬとこだったが、まあ今回は大丈夫だ。もう少し落ち着きさえすれば治せる」

隠れていた岩陰から、ゆっくりと歩み出てくる。

口の端にこびりついた血を唾といっしょに吐き捨ててから、彼は続けた。

「この厄介な力を返上するのに、元の持ち主に会いにいかないとならない。それが、俺が大陸の外に出たい理由だ」

それを聞く間、サルアはただなにもできず、黒魔術士を見るだけだったが――

その瞳が一瞬、悪魔のように青く輝くのを、確かに目に留めた。

◆◇◆◇◆

「イザベラ・スイートハートです」

そう名乗るのに、彼女も慣れてきたらしい。

イザベラのやや後ろに控えて、マジクは、急にそんなことを考えた。

とはいえそんな感想も、あまり筋の通った話ではない——なにも今日突然、彼女の口調から躊躇《ちゅうちょ》や、よどみがなくなったわけではないのだ。

もともと相続財を持たないイザベラが家名を名乗る意味はない。それをあえて名乗る気後れもあっただろう。スイートハートは数か月前に亡くなった同僚の名前で、イザベラがそれを名乗ることにしたのはつまりそういう理由だが、思い入れについては恐らく他人には計り知れないものがあるはずだ。加えて、言うまでもないが、その同僚の生前、イザベラは彼女の名前をことあるごとに馬鹿にしていたらしい。

やがてこれらのこだわりも、自然と彼女の一部になっていったのだろう。今日突然ではない。だが、マジクが気づいたのは今日だった。

受付の魔術士は、特になにを確認するでもなくうなずいた。

「お待ちしておりました」

大陸魔術士同盟は、大陸にいる魔術士すべてを例外なく参加させる互助組織として知られる。

魔術士であるか否かは明白であるため、そこに誤解の余地はない。魔術士はすべて同胞であり、互いに忠誠心を持つこと。それを義務化している。

現実はわずかに違う。

（まあつまり、この違和感ってことだよね）

居心地の悪さを隠せず、マジクは胸中でつぶやいた。

魔術士の組織はいくつかの派閥に分かれ、暗に対立もしている。ひとつには《牙の塔》だ。大陸黒魔術の最高峰、名門の学舎である。剣にからみついた一本足のドラゴンの紋章。今、マジクの胸元にあり、そしてイザベラも身に着けているのがそれだ。

もうひとつには、貴族連盟の配下にあるものだ。宮廷魔術士《十三使徒》は消滅したため、今ここに属すのは精神士、白魔術士たちである。彼らの基地は《霧の滝》と呼ばれているが、その在処《ありか》も実態も、余人の知るところにはない。

最後には、それ以外の同盟員。

つまりこの場所だ。トトカンタ市の大陸魔術士同盟支部は最大手である。イザベラに連れられ各地の支部を回って、今ではマジクも、彼らが《塔》や《使徒》にどういった感情を持っているのか、肌で感じるようになっていた。敵対心というほど強いものではない。嫉妬ほどでもないだろう。ただ、歓迎されることもない。

受付の女魔術士は、実のところ知った顔だった——名前は覚えていないが。トトカンタ市を旅立つよりも昔、彼の家の宿屋に顔を出してきたことがある。

彼女のほうはマジクの顔を完全に忘れているか、《牙の塔》の紋章を身に着けて現れた彼と当時の彼とを結びつけられずにいるのだろう。にこりともしなかった。いや、あるいは気づいていたとしても、歓迎されないということはあり得る。

「こちらへどうぞ」

と秘書らしく、建物の奥へ案内に進む。

中は静かだった。

もとより、構成員の数が大幅に減っているのは知っていた。時勢の変化を受けて、かなりの数の魔術士がタフレム市に避難している。まだこうした支部に残っているのは——イザベラ師の言葉を借りれば——戻れない理由があるか、よほどの偏屈者かだ。

案内されたのは支部長室だった。

秘書が中に入って、来訪を伝える短い時間の間に、イザベラがこんなことをつぶやくのが耳に入った。

「口論はやめてよ……」

それはマジクに言ったのではない。それだけは分かった。では自分自身に言ったのか。それともこれから会う相手に言ったのか。

なにしろ秘書が戻ってくるまで、イザベラの横顔には微塵《みじん》の動揺も見当たらない。

中に招かれると、目についたのは部屋の殺風景さだった。支部長室というより、ただの事務室だ。赤毛の男が席を立って、来客に礼をした。

「これはこれは。ようこそ、随分と久しぶりの――」

「聖域で一緒だったことは分かってる。あなた、わたしたちの証言如何《いかん》で同盟への反逆に問われることになるのよ」

開口一番、イザベラがぴしゃりと遮る。

支部長が顔も上げない間に、彼女は一気にまくし立てた。

「無断の介入に妨害工作。明白な反逆者ユイス・コルゴンへの協力。情報の不提供。隠匿していた情報の内容によっては、全戦死者の死の責にも問われる！」

進む足も止めない。言い終わるまでには、イザベラは男の間近で顔を突き合わせていた。

赤毛の男は、ずっと顔に薄笑いを貼り付けたまま、小さく嘆息してこうつぶやいた。

「半年も経って、ようやくそんなことを言える余裕ができた？」

「一応、脅すくらいはしておかないとと思ってたのよ」

イザベラはそう言って身を退いた。

突然のことに目を丸くして立ちすくんでいる秘書を、支部長が手を振って追い払う。

彼女が部屋を出て行ってから、改めて彼は向き直った。

「しっかし《塔》の遣いと支部長の会議にしちゃ、学生会みたいな顔ぶれだね。そっちは君の部下？　お互いのことは言えないけど随分と若い」

「ここが異常なのよ。《塔》はきちんと長老部が指揮を執ってる。ただ……そうね。外に出向ける魔術士はいかにも人手不足よ」

と、イザベラも身体の向きを変えてこちらを示す。

「彼はマジク。キリランシェロ君の生徒よ。今はわたしが教えてる」

「へえ。ああ、君か。有望だって聞いてる」

彼の言葉に、マジクは苦笑いして答えた。

「そうですか？」

「魔王の弟子なんて呼ばれている少年には、少なくとも、おべっかを使うくらいの価値があるってことだよ。名乗り遅れたけれどぼくは、今や魔王オーフェンと呼ばれるようになった人物とは、学生時代にライバルだった。ハーティア・アーレンフォードだ」

面白がっているのか、支部長はにやりとしてみせた。握手ではないが握手の代わりなのか、手を握るような仕草だけする。

彼についてのことはもちろん、一通りのことはイザベラから聞いてあった。もっとも彼女はライバルとは言っていなかった。親友だったと言っていた。

「それで、君たちの任務は？」

机の上に積み上げられた大量の書類を適当に押しのけて場所を作ると、ハーティアは尻を乗せた。

「魔術士をひとりでも多くタフレムに集める。わたしたちの任務はそういうことよ」

イザベラが、腕組みして答える。

ハーティアはまた笑みを浮かべた。

「ここへはぼくを引っ捕らえに？」

「できればね。それに、トトカンタはモグリの魔術士が多い土地柄だし」

彼女は気のない様子で肩を竦《すく》めたものの、そうした任務を帯びていること自体は嘘ではない――事実、マジクはイザベラに連れられて、主にアレンハタム近辺で未登録魔術士を探し回った。

だが、ハーティアは軽く一蹴した。

「執行部が指揮を執ってるっていうのは本当のようだね。この期に及んで無駄なことをするもんだ。避難したい輩《やから》はとっくにそうしてるさ」

それもまた事実だ。半年巡って、実際に見つけることのできた魔術士は数名に過ぎない。理由は先にも述べた通りであるし、それに正式な訓練を受けていない魔術士は、これまでまったく目につかなかったほど役に立たないか、目立って手がつけられないほど危険かのどちらかだったというのもある。

それでも、とイザベラは表情を厳しくした。

「トトカンタは比較的平穏だろうけど……タフレム近辺はそうではないのよ。本当に人手が足りないの」

「ずっと小競り合いを？」

「ええ。騎士隊がキムラックを砦にしているからね。消耗しているのはどちらも同じだけど、わたしたちのほうがきつい」

そう言うと、彼女は上着をたくし上げた。服の下の腹部には包帯が巻かれている。

「負傷のおかげで、こんな役回りよ」

「好戦派の君らしくないな、とは思ってたんだ。言っておくと、トトカンタだって無傷じゃない」

彼の言葉に、イザベラは了解の印に軽くうなずいた。

「港湾を破壊されたとか聞いたけど」

「もうおおむね復旧している。何故《なぜ》だか、この街は復旧作業に慣れてるんだ」

ハーティアはしみじみと嘆息してみせた。

「問題は船だね。奪われるのを防ぐには自沈させるしかなかった。同盟はトトカンタ港から王都を強襲したいんだろうけど、足がないよ」

沈黙が訪れた。

ここまでは確認に過ぎない——イザベラは開始の合図であるかのように、話し相手とマジク、順番に目配せした。ハーティア・アーレンフォードに向けたものがどうであるかは分からないが、こちらに向けられた眼差しには、なにか苦いものが浮かんでいるのが見て取れた。

「あなたは《塔》からの最初の打診に、こう答えたそうね。戦争をしたがってる暇な連中だけ行かせる、と」

「もうちょい柔らかいニュアンスだったと思うけどね」

「再三の打診に対しては、そのまんまそう言った」

「そういやそうだっけ。まあ、機嫌の悪い時だってあるよ」

「真面目に――」

癇癪《かんしゃく》を起こしかけた唇を噛んで閉じてから、イザベラは言い直した。

「本気で思っている？　この戦いは無益だって」

「無益なもんか。きっと誰か、儲《もう》ける奴は儲けるだろうよ。でもぼくじゃないから、それはちょっと悔しいな」

言葉遣いは皮肉だが、彼自身、それが本当に皮肉だとは思っていないようだった。半分以上は本気だろう。

「返答の通り、この支部の大半の同盟員はタフレムに馳《は》せ参じただろ？　残ってるのはぼくを含めても二十三人。死ぬのが惜しい、若い連中ばかりだ」

「そうね。とりわけ強力な術者が二十三人ね」

イザベラは即座に言葉を割り込ませた。指を立てて振りながら、出会い頭にしたように、また彼に近づいていく。

「タフレムに帰参した者いわく、支部内であなたが言い含めて子飼いにしてる連中とか。それにあなたは、先だっての港湾襲撃にいち早く対応して、その功績を利用して市行政にも顔を利かせようとしている」

「市長のほうが、ぼくらを利用しようとしてるんだよ。トトカンタは常備軍を持たないからね」

露骨にとぼけようとするハーティアを、彼女は逃がさなかった。

あとずさりしようとした彼の鼻先に指を突き付け、自分の顔も近づけていく。

ほとんど囁くように発したイザベラの声だが、その鋭さのおかげでマジクも聞き取れた。

「どうでもいいと思ってる人間の行動じゃあない」

「……ぼくはそれほど悪人かな」

支部長ハーティアは向き合った元《十三使徒》に、小声でそう言った。

鼻先と鼻先の間に指を一本置いたまま、イザベラが目を閉じる。

再びまぶたを開けた時、彼女の瞳はこう言っていた——他人から見てどう思えるか、本当に聞きたいの？

恐らく、イザベラは感じているものに一番近い答えを口に出したのだろう。しかし、途中で切り上げた。

「悪人になれない奴じゃあないわね。でも」

と言い止《さ》して、仰け反るように顔を離す。頭突きでもするのかとマジクは疑ったが、そんなことはなくそのまま背を向けて立ち去った。

「まあいいわ。話はこれまで」

「ありがたい。弾劾は怖くて」

胸を撫で下ろすハーティアに、イザベラはまたくるりと振り向いた。

「ああ、あとひとつ」

「なに？」

彼女は、ふっと、難しげに眉根を寄せた。

「情報通と見込んで訊くわね。〝サンクタム〟という名前に心当たりはある？」

「ないな。重要な名前なのか？」

ハーティアはあっさりと否定して、また書類整理に戻ろうとしている。

イザベラが話を続けた。

「分からない。意味なんてないかも。フォルテ教師が掴《つか》んだところによると、貴族連盟がこの人物に物騒な指令を出している。でもそれ以上が分からない」

「フォルテに分からないのなら、ぼくにも分からないさ」

「指令内容は、魔王オーフェンの抹殺よ」

それを聞いて、書類を繰るハーティアの手が一瞬止まるのを、マジクは見て取った。

部屋の入り口にいたマジクに見えたのだから、イザベラも見ていただろう。

「あいつが殺されるような相手なら、ぼくにもどうにもできないな」

支部長はまた軽口で紛らわすと、手元のページに視線を落とした。その仕草は、ただそれだけのものとも言えるが、表情を隠そうとしたとも受け取れる。

知らないというのも嘘ではないだろう――が、なにか見当はつけた。そんなところだろうか。

マジクとイザベラが顔を見交わしていると、ハーティアは書類越しにこう言ってきた。

「プルートー師にはこう伝えてくれ。ぼくをここに残しておくことは、ひとつの選択肢だ。あえて狭めたいのなら招集に応じると」

「…………」

イザベラは答えず、ただ了解の印に首肯してみせた。

マジクにも合図して、退出する。扉の外には例の秘書がずっと控えていたらしい。外まで案内しようと、廊下で待っていた。

だが秘書が扉が閉める前に、イザベラがそれを制止した。つぶやく。

「わたしたちには、選択肢がどれくらいあると思う？」

支部長室のハーティアは、もうすっかり仕事に戻って視線もくれない。が、しばし黙した後、こう答えてきた。

「さあね。どれだけ行動の選択肢があったとしても、生きるか死ぬかってことならふたつしかないわけだ。しかもそれは選択肢とは言い難いな」

「どうして？」

「生きたかろうが死にたかろうが、選びたいほうを選べるわけじゃないからね」


支部に宿泊するつもりはなかったため、宿を取る必要があった。

となれば当然、自分の家だった。帰るのは久しぶりだったものの、なにも変わっていない。客がいないのも相変わらずだった。

ひとつ違っていたのは、暗黒街に知れ渡った悪名故に隠遁《いんとん》生活をしていたアイリス〝ブラディ・バース〟リン、つまり母親が戻っていたことだった——厳密にはこの宿は彼女の所有物なのだから、驚くのも筋違いだが。彼女はあっけらかんと山暮らしに飽きたなどと語り、魔術士の紋章を身に着けた息子の姿を見ても別段驚いた様子もなかった。

「ずっと大人しくしていたわね。なにか言い出すんじゃないかって警戒してたんだけど」

客室に案内すると、くたびれ果てたように寝台に寝転がって、イザベラはそんなことを言ってきた。

　マジクは少し躊躇したものの、正直に告げた。

「本音を言えば、トトカンタが中立状態でいてくれるのはありがたいです」

　ここが家だということはもちろん言ってある。

　彼女はただ、そうねとうなずいた。

「でも、誰かひとりくらい魔術士を連れて帰れないと、長老部の視線がね——あなた、モグリの魔術士に心当たりない？」

「そういえばありますけど……あれは魔術士だったのかな」

「魔術士かどうかなんて、曖昧になりようがないでしょ」

「それが、曖昧なんです。どのみちもう一年以上前にアーバンラマに帰ってしまったんで、行方は分かりませんが」

「アーバンラマの門は閉ざされてる。連絡も取れない」

　ぐったりと、腕で顔を覆って彼女はうめいた。

　翌朝、何故かイザベラはボロボロの格好で、食堂の梁《はり》に宙づりにされていた。

　なにがあったのか（恐る恐る）質問しても、彼女は一晩中悪夢にでもうなされたように蒼白《そうはく》な顔で、一切答えようとしなかった。

変にご満悦な母と、頭を抱えた父とを残して、マジクはイザベラとともにトトカンタを後にした。

無益だとしても、魔術士探しは続けなければならない任務だった――生きることを選択するためには。

第二章　旅に出る時

配給を待ついつもの列の中に、知らない顔があることにクリーオウは気づいた。無論、他の全員を見知っているわけでもない――この配給所だけでも何百人と並んでいる難民全員を把握してはいなかった。その老婦人を初めて見ると感じたのは、彼女の落ち着かなげな態度であったり、自分の後ろに並んでいる寡黙な男に時折向ける不安な眼差《まなざ》しであったり、つまりはそうしたもののせいだったかもしれない。

食事は、椀《わん》に注がれる野菜粥《がゆ》とパンの塊といった簡単なものだ。配給所の大鍋から並んでいる人々に、係の手によって配給される。

クリーオウはさっきまでその配給係をしていたが、交代したところだった。エプロンを畳んで鞄にしまい込み、キャンプを一回りしてから帰ろうと思っている。

なんとはなしに気になって、クリーオウは列に近づいていった。その老婦人の元に。

最も古い者は、この難民キャンプに一年近く前からいる――大多数は半年前ほどにやって来た。タフレム市当局が難民の宿営に用意できたのはこの郊外の土地と、衣類、テント、いくつかの配給所設備だ。簡易の住宅も建てられつつあるが、まだまだ足りない。老人や子供のいる家族から優先して割り当てているものの、まだ半分にも行き渡っていない。難民の数が多すぎた。

難民キャンプに《塔》の敷地を一部開放する案もあったが、魔術士とキムラック人双方の感情も鑑みて、実現していない。ボランティアに魔術士の姿はなかった。あれば、厄介事も生んだだろう。なければ、厄介事は生まない。そして無論、他のなにも生まない。

どのみち魔術士らは、北方に布陣する騎士軍との小競り合いや折衝で、余力もなかった。難民の中には、タフレムでの労働を望む者もいる。問題となるのはやはり、長年の対立による感情のしこりだ。頑固な者は双方にいる。

クリーオウが列に近づくと、何人かが目を伏せるか、逸《そ》らすのが見えた。彼らの中には、ボランティアに魔術士のスパイが紛れ込んで食事に毒を入れていると信じる者もいる。逆に顔見知りで、会釈する者もいた。

老婦人はクリーオウが近づいても気づかなかったようだった。そわそわしているが、こちらに反応はない。気を引くために、クリーオウは彼女の腕に軽く触れた。

「大丈夫ですよ」

話しかける。

「全員に行き渡る分はありますし、ここは安全です」

老婦人はなにも言わない。こちらを見もしない。

後ろについている男が、口髭《くちひげ》の中でぼそりと、つぶやいた。

「聞こえないらしい。なにも」

「え？」

「話しかけてもなにも聞かない。魔術士と騎士の戦闘に巻き込まれたのを保護されたって話だが」

男は表情を動かさず、淡々と説明した。なにを言えばいいのか分からず、クリーオウが黙していると、彼は首を左右に振った。

「本当は聞こえてるんじゃないかと思うがな。昨日の夜、どこかのテントで子供が歌ってるのを聞いて、泣いていた」

「…………」

「平気だ。俺が見ておくよ」

クリーオウは礼を言って、列から離れた。

今日がなんの日なのかレティシャは忘れているのではないか。

そんなことを疑うほど、変哲のない一日だった。いつも通りだ――訓練をして、その合間に家事を手伝い（家事のできないレティシャを〝手伝う〟のは、つまり一切合切全部やってから、レティシャが余計な手出しをした分まで後片付けするということだが）、キムラック難民キャンプのボランティアに参加する。用事を済ませて落ち着けるのは日が没してからだ。

部屋の中を見回して、クリーオウは強張《こわば》った腰を伸ばした。頭に乗せていたディープ・ドラゴンも、ベッドの横に置いてある、クッションを詰めた籠の中に置く。レキは一日中ずっとそうしていたように、まだ眠っていた。

その籠のさらに隣に、荷物がまとめてある。

この屋敷に住み着いて、その生活にも慣れた。名残惜しくないと言えば嘘になる――筋を解《ほぐ》そうとして肩に手をやり、一年前にばっさり切り落とした髪がその手に触れるくらいの長さになっていたことに気づく。

なにかが変わっただろうか。ふと胸をよぎる独り言に、溜息《ためいき》をつく。自分が目指した変化がなんだったのかも、実のところよく分からない……。

この広い屋敷で、人の気配を感じ取るようになったことは変化なのだろう。廊下を進んでくる静かな足音を察して、クリーオウは寝台に腰を下ろしたまま扉を見つめた。あと何歩。何秒。

見込みをつけた瞬間に、ちょうど扉がノックされた。

「ちょっといい？」

レティシャの声だ――これも、いくつかの理由から分かっていたことだった。同じ屋敷で生活するパットは静かになんて歩かないし、魔術士至上主義のティフィスはわざわざ〝無能力者〟になど会いに来ない。

それにつまり、今日がなんの日なのか、クリーオウは覚えていたからだ。声をあげる。

「どうぞ、もちろん」

もちろんは余計だったろうかと思いながら立ち上がる。扉に鍵はかかっていないが、開けに行く。

「呼べば、わたしが行ったのに」

ドアを開けつつ心配顔でクリーオウがつぶやくと、レティシャは苦笑してみせた。

「いつも言ってるけど、階段も登れないってわけじゃないのよ」

と、大きくなったお腹《なか》をさすりながら。

とはいえ無論、言うほど身軽なわけもない。臨月も近い身体を揺すってレティシャが部屋の入り口をくぐるのを見守る。そのまま彼女をソファーまで連れて行ってから、クリーオウは改めてレティシャに向き直った。

クリーオウは座らなかった。レティシャの前に立っている。

「そんなに格式張らなくてもいいのよ」

彼女はそう言ったが、クリーオウは首を軽く左右に振った。レティシャもそれ以上は勧めてこない。

「それで、一年が経《た》ったわけね」

「はい」

さすがに落ち着かないものを覚えて、クリーオウは胃の前で手を揉んだ。

レティシャはゆっくりと話を続ける。

「誤算がいくつか。まずわたしは、あなたのお母さんが認めるわけがないと思っていたし、あなたが一年間我慢できるとも思っていなかった」

彼女はこちらの反応を待とうとしたのだろう。しかしクリーオウがただ見つめるだけと察して、先を進めた。

「でも分かっていたこともある。あなた、わたしが今ここでなにを言おうと行くつもりなんでしょう」

「はい」

「正直なのは好感」

言葉に反して、レティシャの笑みは引きつっているように見えた。

「でも不安は不安よ。治安は悪化する一方だし。こうでなければわたしもついていくところなんだけど……」

こうとは、無論、妊娠のことだろう。

レティシャの妊娠は突然のことだったが、驚いたのは周りだけだったようだ。端で見て分かる状態になるまで、当人に自覚がなかったはずもあるまいが、四か月目になってようやく彼女が周囲にした説明とは『妊娠した。戦線には参加できない』だけだった。

クリーオウも驚かなかったといえば嘘になる。話を聞いてあっけに取られたクリーオウに、レティシャは、やや困ったようにこう言った。付き合いが長かったから、わたしたちの間に子供はできないって思ってた。なんでそんな風に思ったのか、考えてみれば変な話だけれど。

クリーオウは、こう言った。

「でも、嬉《うれ》しいんでしょう？」

レティシャは笑った。彼女を初めて親しく感じたのは、その時だ。

突然の兵役拒否に《塔》執行部は大いに憤慨したらしい——が、だからといってどうできるわけでもなく、自分の生徒に加えて《塔》でも代理教師をするということで話がついた。

父親の名前については、彼女は特に語らなかったが、態度から明々白々なことだった。

学生の頃から、ついたり離れたりを繰り返してきたという話だが。

とにかく、とレティシャはかぶりを振った。

「あなたに同行させられる人手もない。本当にひとりで行くつもり？」

「ここにいる間、あの人のこともいろいろ聞きました。十五歳の時から、お姉さんを探して大陸中をひとりで旅していたって」

クリーオウの話に、レティシャは物寂しく笑ってみせた。

「それが良い結果をもたらしたとも言い難い。あの子は後悔してたでしょう？」

「でも、前に進みました」

動じることなく、クリーオウはそう告げた。

長い息を吐いて、レティシャが天井を見上げる——。

「ここしばらくの間、宿営地で、キムラック難民をよく見て回ってたわね。なにか情報はあった？」

　相手はこちらを見ていなかったが、クリーオウはうなずいた。

「あの人がキムラック人に接触したっていうのは、確かなことみたいです」

「例の噂は？」

「本当だと思います」

　クリーオウが神妙にうなずくと、レティシャも同意した。

「アーバンラマの、外大陸開拓計画ね。少なくともあてもなしに探し回らなくて済むわけだけど、道は険しいわよ。海路が封じられている以上、騎士隊のいるキムラックを越えるしかない」

　唱えるように言ってから、レティシャは視線を戻した。ソファーの肘置きに頬杖《ほおづえ》をついて、含んだような眼差しを見せる。

「掴んでいる情報は、それだけじゃないわね？」

「いいえ……」

　嘘を答えたが、バレるのは分かっていた。

　レティシャは愁眉を寄せると、体型の許せる範囲で身を乗り出した。囁くように言う。

「わたしだったら、その方法は取らない。危険が大きすぎる」

「…………」

クリーオウが沈黙している間に、彼女は続けた。

「わたしも、それは彼だと思う。それならなおさら、正体が露見した今、彼は維持しないとならない仮面もなくなって、本来の凶暴な――」

「彼にも会いたいんです。友達のことを話したいから」

一息に告げる。

いかにも馬鹿げたことを言った時に、常に感じるひやりとした悪寒――それが背中を撫でるのを感じつつ、レティシャの顔を見つめ続ける。

「歪《ゆが》んだものを正して回るつもり？」

そう問いかける彼女の瞳は、悪寒をなぞり直すように冷ややかだった。

もちろん、そうだろう。自分は今、彼女が一番懸念しているところを、そうと分かって踏み抜いたのだから。

クリーオウは一歩退いて、眠るディープ・ドラゴンのほうを向きやった。

いまだ一度も目を開けていない深淵の森狼《ディープ・ドラゴン》は、今も変わらない。一年前より大きくはなったし、丈夫にもなったろう。鳴くことはなく、口を開くことすらないこの獣が、吠《ほ》えるのを見たことがある。

いいや。と、クリーオウは声に出さずに自分の返事を確かめた。歪みを直そうなどと大それたことを思っているわけではない。

そうではない。ただ、自ら直ろうとしている歪みは助けを求めて声をあげる。それを信じる理由が自分にはある。と思っている。

逃げるわけではなかったが視線を戻さないまま、クリーオウはつぶやいた。

「いろいろと、難しいのは分かっています――分かっているつもりで、きっとまだ足りないんだろうってことも」

「名前で呼ばなくなったわね」

突然、レティシャは話を変えた。

思わず目をぱちくりして見やると、彼女は根負けしたように笑っていた。

「あの子のことをよ。なんだかわたしもつられて、名前で呼びづらくなった」

「……ここでは、わたしの知ってる名前じゃないから」

「そうかしら。今じゃもう、魔王ってほうが知れ渡っちゃって。わたしの弟の名前は忘れられてしまった」

言うなり、ソファーから立ち上がる。

クリーオウが慌てて手を貸すと、その手を取って、レティシャは言った。

「行きなさい。考えてみたら、わたしは止めるばかりで、誰も送り出したことがなかった――止められないと分かってる相手までもね」

「？」

見上げる。が、レティシャはそれ以上なにも言わなかった。


翌朝に、発《た》つことにした。

申し合わせたわけではないのに見送りが集まったのは、レティシャが声をかけていたのだろう。

大勢ではない――ここでの生活で知るようになったイザベラという魔術士に、その生徒になっているマジク。フォルテは少し遅れるらしい。ティフィスはおざなりな別れのやり取りをすると、さっさと屋敷に戻ってしまった。パットもそれに従った。

あとはもちろん、レティシャだ。彼女は首を傾《かし》げるような仕草で、クリーオウの準備した旅装、鞄、顔を順番に見ていって、最後に頭の上に乗せているディープ・ドラゴンを撫でつけた。

他に持っていく物は、剣だ。クリーオウは鞘《さや》に入った長剣を肩にかけた。一年前は、郊外の旅でもこんなものを持ち歩くのは奇異の目で見られたものだが――今ではおかしいとも思われない。武器はすっかり品薄だという。

しばらくぶりに会うマジクは、こちらを見て、怪訝《けげん》そうに顔をしかめた。

「背、伸びた？」

真顔で、そんなことを言ってくる。クリーオウはうめいた。

「普通そういうのって、わたしがあんたに言うもんじゃないの？　まあちょっと伸びたかもね」

目算で比べてみると、同じくらいだった背丈が、わずかに変わったようではある。

見比べるためにしばらく見つめ合っていたが、やがてマジクがどこか寂しく微笑んでいることに気づいた。つぶやいてくる。

「ぼくもいずれ、追いかけるよ」

「分かった」

クリーオウは同意したが――

彼の物言いたげな眼差しが変わらないのを察して、促した。

「なにかあるの？」

「本当はまだ話せないことだけど……」

マジクは小声で囁いて、耳元に顔を近づけてきた。

「やっぱり言っておくよ。ぼくはトトカンタに戻る」

ただの里帰りという話でもなかろう。こんな折、内緒話は暗いものばかりだ。ひやりとした気配を覚えながら、クリーオウは囁き返した。

「あそこは安全なんでしょう?」

少し離れて、相手の顔色を探る。マジクは落ち着いていたが、やや青ざめて見えた。

「状況が変わったんだ。理由は分からないけどマスマテュリアが氷解した。地人自治領がどちら側につくかによっては、厄介なことになる」

「なら、わたしも――」

「大丈夫。トトカンタの同盟支部が残ってるし、アレンハタムからの支援も受けられるからトトカンタは丸腰じゃない。おかげでこれは好機にもなるかもしれないんだ」

彼は落ち着かせようとしてか、両手を広げてみせた。

「この状況で困るのは王都の側だ。行軍可能なルートが突然現れたのはどちらにとっても同じだけど、最悪の事態でもトトカンタの防備ができればタフレムは挟撃されない。逆に貴族連盟は、どうあってもキムラックから騎士団の一部を呼び戻して対応するしかない」

つまり、キムラック側が手薄になるということでもある。

追い風といえば追い風だ。わずかなものかもしれないが。

もっとも、トトカンタの安全が守られるならの話だ。だが不安の先回りをするように、マジクは話を続けた。

「状況が変われば今よりもっと厭戦《えんせん》ムードが高まる。停戦の目が出てくるよ。大丈夫。イザベラ教師とぼくも行って、トトカンタを守る。お母さんやお姉さんも」

真剣な顔をして話すマジクに、クリーオウはうつむいた。

「ごめん。頼むわね」

「こっちこそ、頼むよ」

彼はそう言って、遠い目を見せた。どこを見ているわけでもないだろうが、空を見ている。

「ぼくはまだ旅立てる気がしないから」

(旅立てる……時か)

クリーオウは答えずに、胸の内で噛み締めた。

レティシャが声をあげるのが聞こえた。見ると、フォルテが来たらしい――《塔》でも最高位のこの魔術士はレティシャに軽く触れ、イザベラの軽口に眉を上げてから、こちらに近づいてきた。靴箱ほどの大きさの木箱を差し出して、口を開く。

「マリア教師とプルートー師からの餞別《せんべつ》を預かってきた。まあ、わたしも含めてだ」

「そ、そんな人たちから？」

いきなり出てきた名前に、さすがに気後れする。

確かに知らないことはないが、無論、ほとんど話したこともない相手だ。覚えられているとすら思っていなかった。

が、フォルテは笑みを浮かべる。

「プルートー師は、わたしなどより君のほうを買ってるような口ぶりだよ。あの戦闘に参加した者については、特別なんだろう」

箱を受け取って、訝《いぶか》しむ——これから発とうという時に渡されるにしては、随分と嵩《かさ》張《ば》る上、かなり重さがある。

かけてある紐を解いて、蓋を開ける。汚れた布にくるまれた塊がひとつ入っていた。

その形から、クリーオウは理解した。

包みを手に取る。フォルテがそれを見守りながら、箱だけ取り戻した。

クリーオウが包みを剥がすと、案の定、見覚えのある武器が姿を現す。

一言呪文を唱えて空箱を手の中に消し去り、フォルテはその武器の名前を口にした。

「〝ヘイルストーム〟だ。紛失した試作品とは違うものだが。小口径で射程も短いものの、紛れもない狙撃拳銃として設計されている」

狙撃拳銃は、いわゆる格闘戦ではなく、数メートルの距離で人間を殺傷することを目的に開発され、そして完成を見た武器だった。

最新鋭の武装として騎士隊はこれを使用している。かつては当たり前とされていた、魔術士の対非魔術士への優位性を、完全にとはいかずとも大いに崩しているという。

「弾数《たま》は八発だ。予備の弾薬はないし、整備の道具も入れていない。使わずに済むに越したことはないが、騎士軍のことを考えるとな。必要になるかもしれない。扱い方は、訓練していただろう」

「……知ってたんですか」

クリーオウはつぶやいた。

そんなことはどうでもいいとばかりに、フォルテは続ける——もっとも、内心で憤慨していたとしても顔色が変わらないのがこの人物の癖ではある。

「ティッシの尻ぬぐいで備品名簿の改ざんをしていたのはわたしだ」

そう言って、話を終えた。

「整備できないのだから水に濡《ぬ》らすな。濡らしたら、もう使うな」

彼らしいといえば彼らしい、はなむけの言葉だ。

のも彼である。

〝あの人〟のことはなにも言わない。実のところこの一年、フォルテ教師の口からその話題が出てくることは一度もなかったくらいだ。しかし情報の面で最も支援してくれたのも彼である。

下がるフォルテと入れ替わりに、レティシャが進み出て近寄ってきた。

なにがあったわけではない。ただ、世話になったこの魔術士の瞳を見て、クリーオウは唐突に瞬間を悟った。

(今だ)

この時が来た。

旅立つ時が。

喜びでも恐れでもない。ただそれを迎え入れる。

レティシャが口を開いた。

「みっつめの条件はね」

と、唇に苦笑を滲ませて、少しだけ中断した。

「あいつ、会ったらぶん殴っておいて。できないっていうのなら、家に帰りなさい」

「分かってます」

クリーオウも笑みを返して、手に持ったままだった包みを鞄に押し込んだ。

鞄を肩に背負うと、それが旅立ちの準備だった。一年間かかったものの、最後の準備はただこれだけだ——旅立つと決めること。

「赤ちゃん、見たかったです」

レティシャのお腹を見下ろしてそう告げると、彼女もまた同じ膨らみを見て表情を緩めた。抱擁するように手で撫でる。

「全部終わってから見に来てくれればいい。そのほうがわたしも、てんてこまいになってるところを見られずに済むし」

荷物は、心配していたほど重くはなかった。

タフレム市を出て、難民キャンプに立ち寄って顔見知りに別れを告げてから先に進む。様子を確かめながら進むため、何日かをかけた。以前——一年以上前——に通った道とは違うし、同じ場所を通ったとしても様子はまったく違ったろう。まだ騎士軍はタフレム近郊まで至っていないものの、小競り合いは毎日のように起こっているという。

「ひとけがないと、距離感も分かんなくなってくるわね」

郊外の荒れた土地を眺めて、クリーオウはつぶやいた。

独り言ではない。頭に乗せたままのディープ・ドラゴンを見上げる。

「本当に北に進んでんのかな……ちょっと休憩しようか」

道の脇にあった、岩の陰に腰を下ろす。

地図を広げてみるものの、これまでと同じく――〝多分正しいような気がする〟ことが確認できるだけだ。

「地図なんて結局、信じる気がないなら意味ないのよね」

少し口を尖《とが》らせて、地図帳を鞄にもどす。

携行食を取り出して、少し口に入れてから水を含んだ。一息ついて立ち上がる。じきに日が暮れるだろうが、今日はもう少し進むつもりだった。

タフレムを出てから雨は降っていない。それが救いだった。しかしもうすっかり秋も暮れて、日を追うごとに気温は下がっていくだろう。

一時間ほど歩いて、廃屋を見つけた。戦闘跡こそないが、不穏な情勢に街へと引き上げた誰かの家だろう。家具はひとつも残っていないが、壁にはまだその跡が残っていた。

幸い、まだ扉の鍵は生きている。屋内に誰もいないことを確かめて、クリーオウは元は居間だったらしい部屋に荷物を置いた。久々に、多少は気を緩められそうだった。

毛布を取り出して、その上にディープ・ドラゴンを寝かせる。また道を確かめようと地図を出そうとしたところで、クリーオウはその手を止めた。

足音だ。外。まだ近くはない――が、遠いはずもない。

ひとりやふたりではない。クリーオウは身を隠して窓に近寄り、外をのぞいた。

十人ほどの集団が、この廃屋に近づいてきている。全員男。それも、武装している。

(騎士だ)

汚れたガラス越しにだが、彼らの武器が山賊などのものでないことは一目で分かった。

そして普通、魔術士はあんな人数では行動しない。

彼らが近づいてくるにつれ、会話も聞こえてきた。

「そこは廃屋だろう?」

「ああ。でも変だろう。戸が閉まってるのは」

「前から閉まってなかったか?」

「どうだったかな……多分、開いてた」

クリーオウは舌打ちした。窓から離れて鞄の中に毛布とディープ・ドラゴンをいっしょに入れて、肩に担ぐ。

ちらと窓を見やる。彼らがなにをするかは予想がつく。まず、窓から中をのぞくだろう。不審があれば踏み込んでくる。逃げ場はない――裏口がどこにあるか分からないし、それが彼らの死角にある保証はない。

天井に梁がある。クリーオウは荷物を肩に引っ掛けたまま跳び上がると、梁に手をかけて、逆上がりの要領で身体を持ち上げた。梁の上に横たわって息を潜める。

窓に、ぼんやりとだが人影が映った。中をのぞいている。

「誰かいるか?」

「いや……」

クリーオウは視線だけ動かして、戸口のほうを見やった。自分は鍵をかけていただろうか。記憶が覚束《おぼつか》ない。鍵をかけていたら——アウトだ。彼らは武装を整え、戸を破って入ってくるだろう。まったくの大間抜け、迂闊《うかつ》だった。まだ街中の気分が抜けていない。

ばたん！ と音を立てて戸が開いた。

騎士がひとり、身体半分ほどを乗り入れて、中を見回す。

ただじっと、クリーオウはそれを見定めた。手はゆっくりと、鞄の中を探って硬い塊に触れる。

〝弾数は八発だ〟

フォルテの言葉が耳に蘇《よみがえ》った。

百発百中でも足りない。それに、言うまでもなく——拳銃は最大でも最小でも敵を殺戮《さつりく》しかできない武器だ。

殺す？

そんなことが可能かどうか。想像するのも馬鹿らしい。

それでも、彼らは彼女を苦もなく殺すだろう。安直に想像し得る、最も残虐な方法で。彼らがとりわけ残虐であるから――ではない。そんなことではまったくない。それよりももっと恐ろしい。彼らにはそれが仕事だからだ。敵、あるいは不審者に脅威を与えることが。

頭上から騎士を見下ろして、クリーオウは拳銃の包みを取り出した。彼が、ちらとでも上を見上げたら終わりだ。少しの物音、わずかな気配、ちょっとした臭いでも嗅ぎつければ。そしてあるいは、本当にただの気紛れででも。

彼が気づいた素振りを見せれば、自分は間違いなく発砲する。

弾が当たるかどうかは分からないし、見届けることもあるまい。銃声を聞いた他の連中が一斉に踏み込んできて、クリーオウを蜂の巣にする。運が良ければ即死だ。悪ければ、難民たちと同じ経験をすることになるだろう。

だが。

「誰もいないぞ」

騎士はそう言うと、出て行った。

彼らの気配が完全に消え去るまで、クリーオウはその場からまったく動かなかった
――指一本、髪一筋すら。やがて梁から飛び降りて、荷物をまとめ直して廃屋から抜け出す。外はもうすっかり暗くなっていた。

（もうこんなところまで、騎士軍が）

息を止め、クリーオウは足早に駆け続けた。


こんな土地でまだ商売が続けられるということは、まともな酒場ではあるまい。

それは想像がついた。タフレム市からさらに離れ、武装盗賊の縄張りだ。騎士軍の支配地にも近づいているため、騎士たちもまた新しい客層ではあるだろう。

離れた場所からその酒場を眺めながら、クリーオウは、汚れた髪を掻《か》き上げた。まだ店に近づいてはいないが、遠く身を潜めてもいない。ボロボロの看板が軒下にぶら下がっているが、屋号のようなものはすっかり掠《かす》れて読み取れない。

最後に、クリーオウは身の回りを確かめた。鞄は左手にぶら下げて、いつでも落とせる。剣は腰だ――これはなにより目立つ武器。拳銃はズボンのポケットに押し込んで隠し持っている。騎士のように、左手で取り出せる位置にしまった。眠ったままのディー

プ・ドラゴンには鞄に入っていてもらおうかとも思ったが、いざという時には鞄を捨てることもあり得るため、懐に入れた。

意を決して歩き出す。

酒場に入るまではなにもなかった。反吐《へど》と体臭の入り交じった酸い悪臭に慣れるため、入り口で立ち止まる。店の中は思ったよりも大勢がひしめき合っていた。

混んでいたのは、かえって幸いだったかもしれない――クリーオウが店に入っても、入り口近くの連中は目を丸くしたものの、店内の大半は彼女のことに気づいていない。

なるべく目立たないように、酔っぱらいの間を通り抜けていく。

目的の人物は奥にいる――というのは直感だった。店内の奥まった暗がり。これだけ客がいるのに、そこだけ人払いされたようにぽっかり空いているスペースを見つけて、立ち止まる。

それまで騒がしかった店内が、急に静まったことに、クリーオウは気づいた。

彼女が見つめているのは、ひとりの男だった。こちらには背中を向けている。というより、ほとんど床に倒れ込んでいる。みすぼらしい格好は汚物にまみれて、髪もぼさぼさ、完全に酔いつぶれている。

死んでいるのかもしれない。

そんなことはまったく信じていなかったが、それでもクリーオウはそう思った。

「……そいつになにか用かい？」

客のひとりが、背後から声をかけてくる。

クリーオウはうなずいた。

「ええ」

「なら、そいつが何者なのか教えてくんねぇかな。金もねぇくせにずっと居座ってやがってよ」

ちらと、肩越しに見やる。赤ら顔の大男だった。客だと思ったが、どうやら店の人間だったらしい。ただし酔っぱらっていることには違いなかったが。

「なら、追い出せばいいでしょ」

そうしたら、こんなところに入らなくても良かったのに――と胸中で付け加える。

男は、別の客たちと顔を見合わせて、苦笑いした。

「そうしようとしたさ。最初はな」

「またもどってきた？」

「いいや。まったく動かせねぇんだ――そこから」

彼は恐らく、クリーオウが仰天するのを期待したのだろう。

が、無論クリーオウはまったく驚かなかった。

店の客たちを一望する。彼らが余計な手出しをしてこないことを、目の色で確認した。

明らかに彼らは、ここに倒れている男を恐れている。

剣の柄に手をかけて、クリーオウは前に進み出た。

「〝サンクタム〟」

呼びかける。

「……わたしを覚えてる？」

なんの反応もない。

変化もない。

クリーオウは剣を抜いた。

「おい！」

さっきの大男だ。赤い鼻をさらに赤くして、

「ここじゃ刃傷《にんじょう》沙汰は――」

その目立つ鼻先に、クリーオウは切っ先を突き付けて黙らせた。

「こいつを連れ出して欲しいでしょ？」

「あ……ああ」

「なら黙っていて。あと、道を空けてちょうだい」

出口を視線で示す。

男たちは呆気《あっけ》に取られながらも、左右に分かれて道を作った。

クリーオウはゆっくりと、倒れている男――サンクタムに向き直った。

「わたしを覚えてる？」

繰り返す。

サンクタムには意識すら回復させた様子もなかったが、そのまま続けた。

「わたしは覚えてるわよ……エド」

床に倒れたまま、身体を動かすこともなく、その男はただ目だけを見開いた。

たったそれだけの動作だ。視点も定まらず、ぼんやりと虚空を彷徨《さまよ》っている。

「ロッテーシャ……？」

男は、うめいた。長く酩酊《めいてい》していた者らしい、朦朧《もうろう》とした声音で。

彼が飛び起きるか、隠し持った武器でも取り出すか、あるいは他のなにをしようとしたにせよ、脳の下した命令が手足に伝わったようには見えない。

それでもクリーオウは剣を下げなかった。

男の目がようやく自分を見つける――いや、少なくともこちらを向きはした。理解できたのかどうかは定かではない。取り憑《つ》かれたように彼は繰り返した。

「ロッテーシャ……」

似てるだろうか？

そんなことをクリーオウは自問した。

そうかもしれない。ともあれ、一年前は。だがそれは、彼らが似ていたからだ。正反対だが似ていた。この男と、あの人は。

彼が起き上がるのを待つ、じりじりと無駄に長い時間を、クリーオウは待ち受けた。呼吸の許される隙をなんとか探す時間とも言えたし、平衡を失った酔っぱらいに見切りをつけるかどうか葛藤する時間とも言えた。ただ実際には、どちらも論外だった――酒場の悪臭はとにかくひどいものであったし、自分の旅には、この酔っぱらいがどうしても必要だったからだ。

クリーオウはその男の一挙手一投足を見守った。ぞっとしたなにかが背筋を這《は》っていく。床に倒れていた時には、彼は間違いなく酩酊状態だった。だが立ち上がってこちらを見るその眼差しは、もう正気に戻っている。

一歩、クリーオウは後退りした。

やや遅れて、男は前に進み出た。

その一瞬で、クリーオウは少々混乱気味に、いくつかのことを同時に思い浮かべた

――〝わたしだったら、その方法は取らない〟〝使わずに済むに越したことはないが〟〝ぼくもいずれ、追いかけるよ〟〝まさかティッシの言ってたぶん殴っとけって、こいつのことじゃないわよね？〟

背を向けて、全速力で出口に走る。

無数の罵声、いや悲鳴が聞こえた。

幸い、外に逃げるのを邪魔はされなかった。半分壊れた扉に突進して、薄暮の迫る荒野へと飛び出す。

その時に、自分が剣を持っていないことに気がついた。

「…………？」

言葉もない。いつ、どのタイミングで手の中から剣がなくなったのかまったく理解できていなかった。

しかも、もうひとつ失策を犯した。そんな疑問にいちいち付き合って、足を止めてしまったのだ。

無我夢中で、クリーオウは横に跳んだ。身をかわしつつ、背後を見やる――自分の剣が振り下ろされ、空間を裂くのが見えた。

つまずいたが、転ばずに済んだ。クリーオウは片足でなんとか勢いを受け止めて、剣を携えた男へと向き直った。

ポケットから拳銃を取り出す。左手に構えた銃を標的に向け、引き金を引いた。銃声が鼓膜を打ち、反動が肘を折る。弾丸がどこにいったかは知らない。

どのみち男は既にその場所にいなかった。クリーオウは左右を見回した――どこにもいない。一瞬で見失った。

「当てる確信のない時には――」

トン、と背中になにかが触れた。

男は淡々と話を続ける。

「撃たないことだ」

自分に触れているものがなにか、クリーオウはしばらく考えて、確信に至った。背面の、ちょうど心臓の位置だ。剣の切っ先が――痛みから想像するに――少なくとも一センチほどは突き刺さっている。

わざと止めているのは分かっていた。傷の痛みに腱《けん》を引きつらせながら、クリーオウは両手を挙げた。酒場の扉が揺れているのが見える。野次馬のひとりも顔を出してこないのは奇妙だった。中に二十人はいたはずだ。それが全員、店の床に伸《の》されているのだろうか？　あの一瞬だけで？

かなり耐え難いはずの背中の痛みですら、気の遠い夢現《ゆめうつつ》の錯覚に思えてくる。

卒倒しかかっている——と認めて、クリーオウはなんとか意識を繋《つな》ぎ止めようと、唇を噛んだ。

ここまでは特に計算外のことではない。敵《かな》わないのは分かっていた。こうまで手も足も出ないのはともかくとして。

「ええと」

探るつもりで、言葉を選ぶ。

「正直、あなたのこと、なんて呼べばいいのやら」

「さっき呼んだろう」

男は、面白くもなさそうに言ってきた。

それでも話には応じてくれた——クリーオウはつぶやいた。

「サンクタム？」

「他にも呼んだ」

「エド・サンクタムってところね……わたしにとっては」

声が震える。

痛みがすぐに消えることもなかったが、剣が足下に放られた。クリーオウはそれを拾い上げ、振り向いた。

さっきと同じく、見た場所にその男の姿はないのではないか。そう思ったが、彼はいた。なんのことはない姿勢で突っ立って、クリーオウを見下ろしていた。

「どうでもいい。俺にとっては、俺は俺だ」

エド・サンクタムが、半眼でそうつぶやくのが聞こえた。


まったく予想のつかないものを計画に組み入れるというのは、いかにも馬鹿げたことだったろう。

それはレティシャに言われるまでもなくクリーオウにも分かっていたことだったが、ならどうできたっていうの？　とも思う。

やりようなら、なんとでもなったでしょうよ――やはりレティシャの声が聞こえたような気がして、クリーオウはなんとなく首が竦まるのを感じた。レティシャの〝客扱いしない〟は文字通り、脅し文句でもなんでもなかった。

焚《た》き火を囲んで向かい合っているエドを前にして、クリーオウはいくつかのことを確認した。ひとつには、少なくとも殺されはしなかったということ。もうひとつは、現状、殺される気配はないということ。

あとのことはそれに比べれば、些細《ささい》なことだった——果たして彼が協力してくれるのかどうかも含めて。彼についてはレティシャからも聞かされて、それなりの知識を得た。貴族連盟に使われるフリーエージェント。あの人と同じ師にも学んで、こと人を殺害するにかけては至上と目される。

「覚えているのかと言ったな」

話しかけられて、クリーオウはぎょっと背筋を伸ばした。

まさか彼から口を開くとは思ってもいなかった。エドは倒れた朽ち木に腰掛け、じっと火を眺めている。

クリーオウは咄嗟《とっさ》になにか言おうとしたものの、声を出す準備ができていなかった。咳払《せきばら》いのような音を漏らしつつ、とにかくうなずく。

エドは火に視線を注いだままだ。うなずいたのも見えていなかったはずだ。それでも話を続けた。返事などどうでも良かったのだろう。

「お前は確か、ディープ・ドラゴンの使い魔だった」

「ええ」

胸に鈍痛を覚え、つぶやく。

エドはようやく視線を上げた。

「奴らは絶滅した。それはなんだ？」

「ディープ・ドラゴンよ」

脇に置いた毛布の上で丸まっている黒い塊を示して、クリーオウは告げた。

だが、エドは即座に否定した。

「違うはずだ」

「どうして？」

言い返しながら、意識は手の届くところにある剣と、ポケットの拳銃に向かう——怯《おび》えのせいだ、とクリーオウは認めた。まだ言い争いにもなっていない。にも拘《かかわ》らず、危機を感じずにいられない。

（ロッテーシャは、よくこんなのと一緒にいたわよね）

そんなことを思う。

それを知ってか知らずか、エドは愛想笑いのひとつもなく、ただ続ける。

「奴らは絶滅したからだ」

言い方に我慢ならず、クリーオウはうめいた。

「あなたがなにを信じようと別にいいけど、奴らなんて言わないで。レキたちは、大陸を守るために犠牲になって――」

「奴らというのは」

エドの冷たい声が簡単に言葉を遮る。

「ドラゴン種族すべてのことだ。結界が失われれば終わりだということを、奴らは知っていた。どうせ終わりだということを知っていたなら、犠牲にさほどの意味があるか？」

彼の声に感情はなかったが、嘲弄の気配は無視のしようもない。

クリーオウはディープ・ドラゴンの背中に指を置いた。

「終わってない」

炎の向こうにある男の顔を睨みつける。

「現に、なにも終わってない。わたしたちは生きてるし、この子もここにいる」

「いつ終わるか分からない。明日かもしれない」

「そうよ？　当たり前でしょう？」

「…………」

彼は笑みを浮かべたわけではなかったろうが、唇の傷跡が、それを思わせる形にわずかに動いた。

あるいは、単に苛《いら》ついているようにも見える。目の前の男を怒らせるのがどういうことか、本能が警告を発してくる。が、クリーオウは踏み込んだ。

「あなたは、まるで間違ってる」

「まるで？」

「なにもかも、ロッテーシャのことも、領主様のことも——全部よ！」

火が弾けた。

実際に焚き火が吹き飛んだのだろうが、見えた火花は、眼球の中に発生したものだろうか。クリーオウは身体が投げ出されるのを感じた。遅れて、横面を殴られたのだと理解する。転倒するほど強く。

転がって、起き上がる。踏み越えてきたエドに蹴散らされて焚き火は四散していたが、灯《あか》りは残っていた。先ほどまでクリーオウの座っていた場所にエドが立ち、そして——寝ているディープ・ドラゴンの背中にブーツの踵《かかと》を乗せている。

「やめて！」

悲鳴をあげる。

エドはただ冷淡に、つぶやいた。

「立場を弁《わきま》えてから大口は叩くべきだな」

「やめて……」

拳銃を手に取ろうとするが、指が震えて掴めない。脳震盪《のうしんとう》を起こしているのか、自分が今起きているのか寝転がっているのかもよく分からなかった。

だが、エドがゆっくりと足をどけるのはなんとか見えた――息をつく。吐きそうになっていると気づいた。

エドはそのまま爪先で蹴って薪を集めると元の場所に帰っていった。クリーオウは這うようにしてディープ・ドラゴンに取り縋《すが》った。抱きかかえて彼と向き合う。

殺し屋は先ほどよりもくつろいでいる様子だった。朽ち木にもたれかかって、遠くを見ている。

「あの当時――」

まるで何十年も昔の話であるような口調だった。

「俺は、やるべきことをやろうとしていた。超越を」

「超越?」

随分と唐突な言葉に、訊く。

彼は明らかに無視したが、話した内容は、返答を兼ねていた。

「歴史を飛び越えて未来を託されたチャイルドマン・パウダーフィールド……人造人間

であるアルマゲストに、ロッテーシャ。御立派な俗物、プルートーを入れてやってもいい。この連中をも踏み越え、最終の超人に。魔王に」

こちらを見据え、彼は話を続けた。

「誰もがそれを望んだろう。超人となった俺は永遠にこの大陸を守るはずだった」

と——決して叫び出すほど強くはないが、声を大きくする。

「いったい誰がこの混乱を望んだ？　戦争を？　変化を？　奴は超越に怖《お》じ気《け》づいて、なにも負わずに投げ出した。その結果がこれだ」

そう言って、彼は口を閉じた。

反論を促している……のだろうが、クリーオウはなにも言わなかった。

やがて彼は、明らかに侮蔑《ぶべつ》の視線を送ってから、締めくくる。

「……なにも言わないのか。ロッテーシャと同じだな」

つまり、ロッテーシャのことはこうして支配したのだ——直感的に、クリーオウは感じ取った。

思わず、つぶやく。

「あなたは怖がってる」

そして相手を見やった。

理解した事柄に怒りを感じたのとは関係ない——それはまた別の話だ。

エドもまたこちらを見ている。まだ殴りに来ていない。

(来るなら来ればいい)

ディープ・ドラゴンを抱えて、身を屈《こご》める。殴られるのは防げないかもしれないが、今度は守る。

言うべきことを、クリーオウは頭の中でまとめた。結局のところこれは、この情報を聞かされてからずっと疑問に思っていたことだった——どこに行けばエド・サンクタムに会えるのか。

「あの人を怖がってる。だから、命令を受けたのにそれもしないで、こんなところにいたのよ」

「俺を動揺させたいのだろうが、違うな」

箒《ほうき》で埃《ほこり》でも払うように、彼はさっと手を振ってみせた。

「見当違いな話だ。奴を恐れる理由はひとつもない」

「本当に？」

じゃあなにを怖がってるの？

目に力を込めて、突き返す。

今度は、さっきほどは通じなかった。

殺し屋は、空を見上げた。砂塵の影が通り過ぎる夜空を。

「奴は魔王ではないのだから、殺せる」

力みのない小さなつぶやきが、彼の確信を物語っていた。

第三章　咎《とが》の隔たり

アーバンラマは、工房都市として知られている。

資産家と労働者の街でもある――自衛のための軍備を持つ、唯一の都市という特徴もある。王都に最も近く、そして王都に対して最も露骨に自治を宣言した都市でもある。

港を備えているのは、大陸の主立った都市はどれも同じだ。キムラック、マスマテュリアと南北の両方に難所があり、また中央部はフェンリルの森に隔てられるというキエサルヒマの地形では、海路がなければ各都市の行き来はままならない。陸上では数週間から数か月かかる移送を、海路は数日で行う。

海からの風は、船のない閑散とした港をそのまま通り抜けた。港に船がない理由はただひとつ――半年前から出払っているためだ。そして恐らく、そのすべての船が戻っては来ないだろう。

一見、その風に吹き飛ばされそうにも見える小柄な女が、長い髪を吹き上げられ、その間だけ目を閉じた。

再びまぶたを開けた彼女の瞳に、険しくもないがその逆もない、冷ややかなきらめきが一瞬宿るのが見えた。転がるガラス玉が光明を通り過ぎるように、しばし含んではすぐ消える、そんな光だったが。

「海なんて、見るたびに思うわね」

コートのポケットから手を出して、顔にかかった髪を払う。

「こっちからじゃ絶対に手が届かないとこに居座って、いいご身分だって」

「そこに手を届かせようってんだ。どっちが傲慢か分かったもんじゃない」

オーフェンはその女を横目で見やって、告げた――顔まで向けなかったのは、手元の書類を読んでいたからだ。

彼女、ドロシー・マギー・ハウザーはこの街の資産家のひとりだ。最も有力な資産家ではないが、今日では、アーバンラマで最も有名な資産家ではある。アーバンラマの総力を挙げた、第二次新大陸開拓事業の総監督として。

相変わらずの仏頂面で、彼女はつぶやいた。

「でも、いいご身分よ」

実のところ、彼女の言うことのほうが正しいのかもしれない、とは思っていた。結局は手など届かないかもしれないのだから。

潮風が戯れに、報告書に目を通すのを邪魔する。もとより読まずとも想像のつく内容ではあった。それでも確認してドロシーに返す。

「議会の三分の一か」

「ええ」

相当に危険な数字ではあるはずだが、ドロシーは淡々とつぶやいた。

「魔術士同盟と連絡を取り、キムラックを解放して、王都包囲を提案するべきだと言い出してる。今のところ議案に名乗りをあげているのは三分の一だけれど、実際の決議ではもっと増えるでしょうね」

「どうして?」

「決議は来月。来月までに魔術士同盟がもう一手、騎士軍を不利に追い込めば勝ち目が増える。このタイミングでタフレムに荷担するのは、一番リスクがなく旨味《うまみ》があるのは否定できない」

「その場合、開拓計画に影響は?」

オーフェンが訊ねると、やはり彼女は他人事のような口調で答えてきた。

「スポンサーが手を引けば、なにもかも終わり」

「対策は？」

「議会工作はしているけれど、問題は、こちらに大義名分がないこと。〝戦争は悪い。だから反対〟じゃ説得力がね――開拓が侵略にならないって道義的な根拠もないし、安全面でも参戦よりましかどうか分からない」

そう言って、ドロシーは髪をかき上げた――彼女は自覚がないようだが、煙草を止《や》めてから加わった癖のひとつだ。手持ちぶさたなのだろう。

港には船がないが、人出はごった返していた。

港湾の倉庫にはひっきりなしに荷が出入りしている。開拓の物資を集めているのだ。船に積み込む内訳と順番が――すっかり混乱した計画書によって――変更されるたび、倉庫内の整理は一からやり直しになる。

人の流れをしばらく眺めてから、オーフェンは口を開いた。

「魔術士同盟の脅威を強調するか」

「脅威？」

「大敵のキムラックと、貴族連盟が同時に力を失えば、魔術士同盟は大陸の覇権を握る。参戦は検討してもいいが、その後のことを考えれば、なんらかのアドバンテージを確保しておかないとアーバンラマは自治を奪われかねない。開拓計画は外交のカードになり得る――こんなとこだろ」

ドロシーが、ワインを転がすような顔つきで黙り込む。話を吟味しているのだろう。やがて、うなずいてみせた。

「いいでしょ。参戦反対派の議員に話を流してみる」

アーバンラマの議会は、資本家らの代理戦争の場でもある。というより、そうでしかないとも言える。資本家は自らが議席に就くことなく議会に影響力を行使する。無論、あまり健全な状態とも言い難いが――皮肉なことに、大陸で最も実用的で迅速な政治にもなっている。

彼女は嘆息した。

「今週はこれで全部潰れそうね……あんたは?」

肩を竦めて、オーフェンは告げた。

「変わらないさ。どこも満遍なく遅れてる」

ドロシーはぽつりとつぶやいてみせた。

「遅れてるだけじゃないわね」

そんな愚痴のようなことを彼女が言うのは珍しい。

オーフェンは、苦笑した。

「ああ。計画自体、穴だらけだ」

彼女は特に取り合わず、手を振って話を掃き捨てた。ボスとしては使い走りの愚痴に付き合う必要はないということだろう。

「まあそんなところね。呼び出す時には遣いを寄越して。ひとまず屋敷に戻るから」

と、くるりと背を向けて――しかし立ち去りかけてから、やり残したことを思い出したようにまた振り向くと、すすすと近寄ってくる。

オーフェンがじとりと見ている前で、彼女は急に相好を崩して身体をくねらせた。

「だって、おうちでマイリトルスイートパンプキンが待ってるもの」

「それ聞くと、なにを言えばいいのか分からなくなるんだ。頼むから子供は野菜以外の呼び名で呼んでくれ」

懇願するが、ドロシーは知ったことでもない風で、仏頂面に戻った。

「あんたも見に来る?」

「さんざん見せられた」

「また見に来る?」

「見ない、と遠回しに言ってるんだ」

「変ね……見ないなんて」

ぶつぶつ言いながらも、ようやく去っていく。

オーフェンはしばらく額を押さえていたものの、潮風はひとまず偏頭痛を拭う程度には心地よかった。もう少し浸っていたくはあったのだが、実際のところ、そうしている暇がないのも本当ではある。

目を凝らして、港湾倉庫に人影を探す。

見つけてから、オーフェンは歩き出した。荷車を押す人混みをすり抜け、数が合う合わないで口論している輪の真ん中を突っ切っていく。掴み合いが始まっている最中を、まるでなにもないようにオーフェンが通り抜けていくのを見て、みな一瞬きょとんとしたようだったが、後ろ手に手を振ってやると適当に納得したのか、また諍《いさか》いを再開した。

一ブロックほど行って、港湾警備隊の制服とすれ違う。乱闘を制すべく、警笛がかき鳴らされるのを背後に聞きながら、オーフェンはようやく目当ての人物に声をかけた。

だが明らかに、コンスタンス・マギー・フェイズはそれどころではなかったようだ——厳《いか》つい荷役に取り囲まれ、頭を抱えてわめき散らしている。

「だっかっらっ！　そのことはもーこの前決着ついたでしょぉ!?　積み込みはエイブラハムが先！　ええ、もう不公平でもなんでも順番決めないとどうにもなんないでしょ——え？　帳簿と合わないって、またそれ荷物のほうが数え間違えてんじゃないの？

横流し？　調査中。裁判？　毎週何千件も同じような案件を法廷に持ち込んだって、結果なんて変わりゃしないって――」

　ひとりまたひとりと順番に怒鳴っていくのだが、その間にもひっきりなしに誰それが問題を持ち込み、荷役の人数も一向に減ろうとしない。

「奥さんが浮気!?　あのね、そんなことわたしに言いつけてどうしようってゆーの。あ、そっちの人、さっきの質問なんだったっけ。ええと、そうね。え、労災？　あのね、酔っぱらって喧嘩《けんか》した分なんて補償できるわけないでしょ！」

　押し寄せる苦情にすっかり混乱しながら答えている。というより、答えながらどんどん混乱している。

　周囲の男たちにぐるぐると対応しながら、彼女の声は次第に甲高く支離滅裂になっていった。

「だからあんにゃごぼれあっちがろくすっぽりえんて明日からどうにくきェーーーーキエーーーー！」

　最終的に、気味悪がって逃げ出した荷役らの背中に靴を投げつけてから、コンスタンスはぜぇはぁと息をついて汗を拭った。髪型も崩れてボロボロになっている。

「えーと」

オーフェンは、改めて声をかけた。

「もういいか?」

「オッケェ」

あまり無事とも言い難いしゃがれ声で、コンスタンスが親指を立てる。

「なんの用?」

投げた靴を拾いに片足で跳ねていく彼女に、オーフェンは答えた。

「訓練の成績表、お前んとこに回ってるんだろ?」

「ああ、あれね。こっち。オフィス」

奇声のおかげでよほど喉がおかしいのか、言葉も途切れ途切れだった。

歩き出したコンスタンスの後についていきながら、オーフェンはあたりの喧噪《けんそう》に目をやった。

「しかし、相変わらずだなここは」

「まったくよ。警備主任なんていって、すっかり苦情受付係だし」

「その分だと、評価は芳しくなかったか?」

「まあね。最低でも二週間は訓練延長ってことになると思う」

くたびれきった仕草でかぶりを振る。

コンスタンスのオフィスは、港湾警備隊詰め所を間借りしている。

彼女の立場は複雑といえば複雑だ。派遣警察を退職したコンスタンスは、現在、姉が総監督を務める開拓事業委員会の警備主任として雇われている。ただ現状、部下といえるものはいない。港湾警備隊を丸ごと借り受けてなんとか体裁を保っているものの、彼らは開拓には参加しないし、船にも乗り込まない契約だ。

最終的に、警備隊は開拓民から編成しないとならない。そのためにキムラック難民から人員を選抜して訓練を続けている——その評価を、関係者が回覧しているわけだ。

鐘が鳴った。

騒いでいた港湾スタッフが、いったん動きを止める——鐘を鳴らしているのは物見櫓《やぐら》の見張り役だ。それが示しているのは、船の接近。

オーフェンも足を止めて、遠く水平線を見やった。ドロシーの言葉が脳裏をよぎる。実際の水平線よりは遥かに近い場所に、白い帆が見えた。蒸気貨物船の巨体は波間にあっても安定している。

確か、機関を使わず帆の実験航海だったはずだ。二十四時間の航路を廻って、どうやら無事に戻ってきたらしい。なにごともなければ一時間ほどで入港するだろう。

外洋船の建造もまた、日程を大幅にずれ込んだ——が、計画全体としてみればマシな部類だ。試験も滞りなく終わりつつある。幸運なことではあるが、要因としては釈然としない。つまりは、思ってもみない形で人材に恵まれたわけだが。

「なんであいつが船長なんだ」

ぼやくと、コンスタンスもまた船のほうを見やった。今さらなにをと呆れ顔になって言ってくる。

「だって、候補者十二人の誰よりも航海に詳しいんだもの。なんでか知らないけど」

外洋航海については古文書を繙《ひもと》いて得た知識を試すしかない。伝承によれば、人間種族は三百年前に外界からキエサルヒマ大陸へと漂着したのだ。

そして今、その逆を試そうとしている。

開拓の第一陣は、キエサルヒマ沿岸を行き来することしか考えられていない輸送船で旅立っていった。被害も少なくなかったはずだ。というより、全滅していないという確証などまったくない。開拓民を置いて折り返し戻ってくるはずだった船が一隻も帰還していないため、状況は甚だ不明だった。今のところ難破の兆候が見られないという以上の情報もない。

オーフェンはしばし目を凝らした。船はアーバンラマの技術と資産を大量につぎ込んだものだが、ドロシーの言う〝いいご身分〟の遥か水平線に比べれば、いかにもちっぽけで頼りない。船は数百人を乗せて外洋を目指し、新大陸とキエサルヒマの間を、耐えられる限り往復することが見込まれている。

コンスタンスに礼をする警備隊員に会釈を返しながら、詰め所に入っていく。彼女のオフィスは二階にあった。ここには何度か来ているが、来るたびに様子が違う——先週にはなかった紙箱が部屋いっぱい、天井まで積み上げられているのを見上げて、オーフェンは訊ねた。

「なんだこれ」

ぐったりと、コンスタンスがうめく。

「あんた、自分の用事覚えてないの？」

「分かってたけど、認めたくなかったんだ」

試しに箱のひとつを手で押してみるが、見かけ倒しでもなく、ぎっしりと書類束が詰まっているようだ。

「これ全部か？」

「百八十九人分の訓練報告書、健康診断書、適性所見、レポート、これまでの全答案、あとまあ、なんやかんや。なんのつもりか請求書まで入ってたけど」

彼女は言いながら椅子を回して、腰を下ろした。

自分だけでなく他人もショックを受けたのを見て、多少は気分を回復させたらしい。机の上で腕を組んで笑みを浮かべた。

「全部見るのに三日かかったわよ、わたしは」

「俺は十分で済むな」

あっさりとオーフェンが告げると、コンスタンスの顔から余裕が消えた。

「……なんで？」

「どんなだったか、お前から聞くだけでいいだろ」

「…………」

コンスタンスはしばし沈黙して、窓の外を見てから、また視線を戻し、急に叫び出した。

「ずるいーッ！」

「やかましい！」

椅子を蹴って立ち上がったコンスタンスを押し返す。

「いちいち全員仲良く時間を潰してられるか。概要は作ってるんだろ？」

「うー……あとでもったいつけて出してやろうと思ってたのに」

不満たらたら、彼女は引き出しから数枚の書類を取り出した。

評定は成績表を一度見ただけで下すわけではないのだから、全体の概要は必ず作ることになる。まあ、かくて書類は嵩を増すとも言えるわけだが——ともあれオーフェンはそれを受け取って、ざっと目を通した。

読み終えて、つぶやく。

「なんでちゃんとできてんだ?」

「ほほほ。そりゃーもう、本気を出せばこの程度の——」

「なんでだ?」

調子に乗ったコンスタンスに重ねて訊くと、彼女はそのまま、ぐったりとうなだれた。

「ダンナにやってもらったの……」

「正直に言やいいんだ」

彼女の夫は、マギー姉妹の父の興したカーマディ&フレデリック工房の技術者で、今回の開拓計画にも技師として参加する。何度か話したことはあるが生真面目な男で、不眠不休の激務の中で他人のフォローまでこなす鉄人ぶりでもある。

書類を返して、オーフェンは嘆息した。

「二週間の延長か。指導員を増やしても変わらないか?」

「増員は三か月前から申請してるけど、増やそうにも資格者がいないのよ。街の外からは呼べないし」

　コンスタンスも溜息に同調して、続ける。

「問題は警備隊だけじゃなくてね。技術者の不足のほうが深刻よ。監督者もね。こっちでの難民保護と並行しないとならないし」

「どっちも大事業だからな」

「そうね。でも、モチベーションは高まってる。姉さんと義兄さんがかなりのスポンサーを締め上げ、ええと、説得したから、大した額じゃないけど訓練中の難民にもお給料を払えてるし――」

　と、彼女は言いよどんだ。視線を横にずらして言い終える。

「難民のほとんどが、新天地に意欲を持ってる」

「なにか言いたげだな？」

　オーフェンは静かに躊躇を指摘した。

　コンスタンスが苦笑いするのを、じっと見つめる。だからだろう。彼女は誤魔化さなかった。答える。

「カウンセラーが言うのよ。彼らの士気が高いのは望ましいけれど、なんだかまるで洗脳みたいだって」

「……彼らが教会総本山にいたから、洗脳に馴染《なじ》みやすいって？」

「違う？」

今度は彼女に見られる番だった。オーフェンはそのまま告げた。

「今さらの話だな。自由意思なんて裁量次第だ。俺たちは選択の余地のないところに餌を撒《ま》いた。他人の生き方をこっちの都合で変えようとしている。洗脳といや洗脳さ」

「良かれとは言ってくれないの？」

「言わない。だが、他にやりようもないしな。行動は止めない」

部屋の大半を占めている箱の山が、嫌でも目につく。

ここにあるのは警備隊の候補者として選抜された百八十九人の書類だ。開拓民全体からしてみればこれでも一部に過ぎない。

彼ら全員分の人生、その重みを感じると言ったならば、嘘だ——その重量を本当の意味で実感するのは個人には不可能だろう。

だから騙《だま》そうと思えば騙せる。死地に送ることだってできる。できてしまう。政治とは、制度とはそういうものではある。

「騙してるのは言われるまでもない。ろくな先乗り調査もなしに連れて行くんだ」

「せめて、先発隊からの連絡があればねー」

机の上のペーパーウエイトを転がして、コンスタンスがぼやく。

開拓計画がこうも時間に追われているのは単純な理由だ——予算が限られているからである。準備に時間をかければかけるほど経費は膨れ上がり、そして早期になんらかの結果が出なければスポンサーが逃げる。

政治的な理由もある。キエサルヒマ大陸の混乱が収まれば、その勝者が誰であれ、民間の行う開拓計画を阻害しようとするだろう。民間の手で開拓が成功すれば為政者にとっては致命傷となる。現在、貴族連盟なり魔術士同盟なりが大々的な妨害を仕掛けてこないのは、どちらにもその余力がないからに過ぎない。あるいは、開拓が成功する可能性が低いから気にしていないという当たり前の理由かもしれないが。

オーフェンはかぶりを振った。

「どうにもならないことを気に病んでも仕方ないさ。できる範囲でやるだけだ」

「そのできる範囲っていうのが問題なんだけどね」

「まあ、そうかな」

頭を掻いて、オーフェンは部屋を後にした。

難民キャンプおよび訓練場は、以前破壊された旧市街にある。

もともと復興途中で大陸が紛争状態になり放置されていたものを、さらに難民のため急ごしらえで施設を整えることになり、街並みは混沌《こんとん》としていた。旧市街を追われた貧困層が、保護されている難民と同等の待遇を求めて蜂起したりと、アーバンラマ全体の治安も決して良いものではない。開拓という大事業が進む中、横領や横流しといった汚職も絶えず、武装盗賊並みに凶暴化した盗賊団も現れた。

自治軍による鎮圧も二度、行われている。犠牲者は既に三十名を超え、市街はなにごともないように見えても、緊張が続いていた。

訓練場では、十数名のキムラック難民が講義を受けているのが見えた。恐らく、元神殿兵だったのではないかと思える――コンスタンスのオフィスに積まれた箱のどこかに、彼らの評価も入っているのだろう。

「前回の評定でなにが失点になったか、それを分かってる人はどれだけいる？」

もともとは建物の壁だったらしい瓦礫《がれき》を黒板代わりにして、白墨で記した図解を指し示し、指導員が問いを投げる。

座って話を聞いているうち何人かが手を挙げ、手前のひとりを指導員が指名した。恐らく、自信がなかったのか。彼の返答はくぐもってよく聞き取れなかった。だが指導員は納得したようで、うなずいた。

「そうね。簡単に言えば、警備隊の役割は犯罪を取り締まることではなくて、開拓団を守ることにある。それに伴って警察権に制限があるし、取るべき行動にも影響する。ちょっとした違いのようだけれど、失点のほとんどがこの根っこの部分から来てたとわたしは見ている――」

試験のおさらいはしばらく続きそうな様子だったため、オーフェンは少し離れた場所で木にもたれて時間を待った。

コンスタンスの言う通り、警備隊の候補者たちは熱意も能力もある。やはり問題は時間と指導者の不足だった。訓練用具や教材もまったく足りない。

やがて指導員が訓練生らに自主運動を指示するのを見てから、オーフェンは物陰から進み出た。指導員も、こちらには気づいていたのだろう。その場で待っている。

再会して、彼女の姿の様変わりには多少驚かざるを得なかった――といっても、もともと知っていたのが革鎧《かわよろい》に帯剣した姿で、偏りがある。剣を捨てた彼女は、どちらかといえば緩いスカートのような格好のほうが好みだったらしい。髪もかなり伸びていた。表情も穏やかになったのではないかと思う。

声が通るほどの距離になって、メッチェン・アミックはぎこちなく右腕を振ってみせた。負傷した腕は、なんとか動くようには回復したらしい。しかし白墨を持っているのは左手だ――どうしても筋力が戻らなかったという話だった。

彼女の浮かべている口元の苦笑いで、用事については見当がついていると知れた。オーフェンはそのまま告げた。

「プランについて話したい。一時間後、いいか？」

この件については〝プラン〟としか呼ばない。逆に言えば、ただのプランといえばその件だ。

メッチェンはうなずいた。

「了解」

オーフェンも首肯を返すと、目立たないようその場を立ち去った。魔術士の姿はキムラック難民の反発を招く恐れがある。

一時間後というのは文字通りの一時間後だ。過密スケジュールの中、短い時間を合わせて無数のミーティングを行う。

〝プラン〟はその中でも特殊な会議だった。

新市街、旅行者がいなくなったことで破綻したホテルを、開拓事業団が買い上げた。その地下の一室に警備員を立たせて、合い言葉を知る数名だけが入れる会議室を設《しつら》えた。

合い言葉を知らされているのは総監督であるドロシー・マギー・ハウザーと実行部長、開拓船の船長に、警備隊の責任者であるコンスタンス。そして死の教師ふたりと、オーフェンである。書記はいない。

メッチェン・アミックが扉を開けて入室してきた時、室内にいたのはオーフェンひとりだった。元々は物置だった部屋だが頑丈で、あまり人が寄りつかない。会議を続けているうちに、内装はそれなりに整えられていった――テーブルに椅子、書類棚に白板、壁には地図と、現在のところ判明している海図が貼ってある。

「ふたりだけ？」

訊ねてくるメッチェンに、オーフェンは答えた。

「ああ。今日は俺と君だけだ」

「てことは、わたしひとり休みなく尋問されるわけね」

天井を振り仰ぐような仕草をしながら、一番離れた場所に、メッチェンが着席する。

特に悪びれることなく、オーフェンはにやりとした。

「そういうことだ」

テーブルにまとめてあった書類の束を、メッチェンのいるほうに滑らせる。

タイトルにはこうある――『第一次新大陸開拓事業への推定及び、その危険性への対抗案立案会議』

通称〝プラン〟だった。

数十枚の内容は、退屈で当たり前の記述から極めて過激なものまで、突飛なものになっている。多くを割かれているのは、カーロッタと教主によって第一次開拓隊が掌握され、後発の開拓団と対立するであろうという推測についてだ——その可能性と、起こり得るならばどういった衝突が考えられるか、ひたすら列挙されている。

中心となるのは当然、死の教師カーロッタ・マウセンだ。

崩壊に先立って、彼女は教主を連れていち早くキムラックを脱出した。その後、アーバンラマの第一次開拓団に紛れ込み、それを支配して連絡を絶ったと考えられている。

彼女らが海の藻屑《もくず》になったのでなければ、新天地で再び教会総本山を築いているはずだ。

それが第二次開拓隊とかち合えば障害となるのは必至だった。

だが——

「本当にこれは意味のあることなの？」

書類を手に取るなり、メッチェンがうめく。

うんざりするのも無理はない。カーロッタ・マウセンを知る者として、会議ではひたすらメッチェンとサルアに同じ質問ばかりが繰り返される。尋問というのもあながち冗談ではない。

「地の利は向こうにあるから、俺たちは奇襲を受ける可能性が高い。その前にできる限り、相手の姿を想定しておきたい――第一撃の被害を最小限にできたとしても、それがどんな被害か分からないしな」

「たとえば？」

オーフェンは、彼女と、その隣の空席を指さした。

「たとえば、君とサルアが殺された場合だ」

投げかけられた言葉に、メッチェンは不吉を払う仕草をした。皮肉でも言うようにつぶやいてくる。

「そうなる前に、頭の中の情報は全部掻き出しておきたい？」

「そうだ。先発隊が教主、カーロッタに支配されたとして、カーロッタはどういう組織を作るか？　どんな手を好むか？　弱点は？　交渉の材料は？」

「もう百パターンは話したと思うけど」

「そうだな。その百パターンを十に絞り込めるまでは続ける」

「はいはい」

観念すると、メッチェンはぶら下げていた右腕をテーブルの上に置いた。

「でもいくら推測を重ねても、現実的に対応できないんじゃ話にならないわよ——警備隊の訓練は続いてるけど、だからって開拓団を軍隊にできるわけじゃない」

「それは向こうも同じだし、衝突はあくまで障害だ。討伐に行くわけじゃないし、できれば互いに損耗せずに合流したい」

「三十人」

彼女が断言した人数がなにかは、訊かずとも知れた。

が、メッチェンは言い添えた。

「わたしの見立てだけど、今回の成績から見ても妥当なところだろうと思う。専門の警備隊員として使えるようになるのは候補者百八十九人中、三十人よ」

「開拓団の士気が崩れた時には、その人数で統制を維持しないとならないわけだ」

「向こうには教主がいる。どういう出方をしてくるか分からないけど、カーロッタなら教主にこう言わせるでしょうね。『諸悪の根源である魔術士に支配された我が民よ、本来の従うべき者に従え』もっと詩的な言い方かもしれないし、脅迫的かもしれないけど」

「三十人は、その呼びかけにも動じない？」

質問に、メッチェンはしばらく壁を見上げた——が、それほどの間は置かなかった。

唇を舐《な》めてから首を振る。

「その三十人なら大丈夫。わたしが責任を負える範囲で約束できるのはそこまでね」

「思うに、上出来の人数じゃないかな」

言葉を世辞と受け取ったのか、メッチェンは笑った。

「ありがとう。彼らをチーム・メッチェンって名付けてもいい？」

「……本気で？」

「冗談よ」

言ってから、しかしメッチェンは真顔に戻って、

「でも開拓団にはなにか、シンボルが必要だとは思ってる」

「スポンサーのロゴじゃ駄目か？」

実際にそうした申し出をしてくる資産家も大勢いて、悩みの種のひとつではある。

だがもちろん、彼女の言っているのはそういったことではなかった。

「足下が怪しすぎるのよ。わたしたちは教会総本山を失い、教主には見捨てられて信仰の危機を迎えてる。生き延びるために魔術士に率いられて難民暮らしを続け、果ては今まで想像もしてこなかったような土地に奴隷同然に送り出されようとしている――と、そう言う人がそんなに少ないとは思ってないでしょ」

「彼らを安心させられるようなシンボル、か」

「拠《よ》り所《どころ》ね。わたしたちじゃ限界がある。追放された教師じゃね。同じ死の教師でも、カーロッタのほうが位が上だし。やっぱり、なるべく早く教主を捕らえて彼の口から語らせるのが――」

「…………」

オーフェンはかぶりを振った。

「教主はそう長く持たない。将来的にはもっと別のものを探さないと」

メッチェンはしばらく口をつぐんでから、息をついて言ってきた。

「サルアが気にしてたんだけど、前にもあなた、そんなことを言ったそうね。でも、どういうこと？　教主は――」

「彼は不死？　いや違う」

「ねえ、迂闊なことは言わないでね。わたしやサルアはともかく、キムラック教徒には、そんな話されるだけで激昂《げきこう》する人だっているのよ」

「分かってる」

笑おうとしたが、うまくいかなかった。まったくもって笑いごとではない。笑えたとしてもそいつは笑いを共有するのに適当な相手とも言えない。

「キムラック教徒だけじゃないな。魔術士も、ドラゴン信仰者も、そのどれでもないみんな誰もが呆気に取られるよ」

「もしかして、問い質《ただ》して欲しくて仄《ほの》めかしてる？」

疑わしげなメッチェンに、オーフェンは同意した。

「そうかもな。そうしてくれれば、聞きたくなかったと言われても責任転嫁できるし。どうする？」

彼女は複雑に表情を変化させた。からかわれているようで癪にも障るのだろうし、知りたくもあるし、知りたくないのも本音だろう。元死の教師は、結局、素直に気持ちを優先することにしたらしい。

「やめておく」

「じゃあ、仕事を始めよう」

オーフェンはそう言って、ノートを広げた。

◆◇◆◇◆

指導というのはガラではないし、取りまとめ役というのもガラではない。

都会の生活もガラではない。ブランド物ならずとも仕立ては悪くないスーツ姿というのもガラではないが、連日会合で顔を合わせる資産家たちの心証を害しないためにはこんな格好が必要だった。彼らは難民に——少なくとも難民の指導者に——自分たちの様式に馴染むことを求める。しかし、馴染み過ぎれば不審を抱く。そんな政治的な付き合いも、やはりガラではないのだが。

やらねばならないのなら仕方がない。やるだけだ。サルアは首元のネクタイを緩めながら、ホテルの廊下を足早に進んでいった。

時刻は真夜中というところか。ともあれ、今日一日はなんとか切り抜けた。明日の予定は、朝に秘書が教えてくれるだろう。こんなその日暮らしの感覚、それだけは、慣れ親しんだものではある。

ホテルは静まり返っていた。ここに泊まっている人数はそう多くない——そして警備が階下を見回って、人を遠ざけている。ホテルとはいってもここはもう経営されておらず、開拓団が所有して、会議室や宿泊施設として利用されていた。

この最上階は、防犯上の理由から一部の人間以外立入禁止になっている。

広いフロアだが、使われている部屋はふたつだけだ。スイートに住み込んでいるのは、他ならぬ、彼だ。夫婦で利用している。

（ま、夫婦ってのも——）

と、ふと気がついて、サルアは胸中で付け足した。

――ガラではない。指名手配犯だったのだから。法的に入籍したのはここアーバンラマでのことで、スーツと同じく、スポンサーへの配慮だった。

もう一室は、本来はスイート付の使用人が使う部屋で、そこにはもうひとり、指名手配犯が寝泊まりしている。〝魔王〟オーフェンだ。

無論、スイートに行くのには使用人部屋の前を通る必要はない。しかしサルアは足を止めて、身体の向きを変えた。廊下を戻って脇道に入ると、目立たない扉を探す。見つけて、軽くノックした。返事が聞こえてくる。

「どうぞ」

鍵は開いていた。

入室すると、魔王が机に向かってタイプライターをたたいている。

魔王は手を挙げてこちらを制止してから一列を打ち終えて、顔を上げた。

「どうかしたか?」

作業に熱中していたせいだろう。こちらを向いていても目の焦点がずれている。かの魔王が、まぶたの上から目をこすってそれを直すのを眺めて、サルアはなんとはなしに笑みを漏らした。

とりあえず、答える。

「今日の会議に出られなかったからな。なにかあったか?」

「いいや、特に進展もなかった」

顔をこすってから、指がインクで汚れていることに気づいたらしい。オーフェンが顔をしかめた。

サルアは、ゆっくりと部屋を見回した――なんのことはない、散らかったただの部屋だが。どこも紙束や紙屑だらけだった。本が積み上げられ、際どいバランスで傾いている。

向き直るとオーフェンは、今度は手拭いで顔を拭いている。見てはいないだろうが肩を竦めて、サルアは告げた。

「そうじゃなくて、俺がすっぽかしたんでメッチェンが怒ってなかったかってことだよ」

「もちろん怒ってた」

「そうか。じゃあ、寝付いてから帰ったほうがいいな」

時計を探す。タイプライターの横に転がっていた。予想通り、真夜中だ。

ついでに、機械に挟まって入力を待っている紙が目に付いた。ぱっと見で読めるわけではないが。

「なに書いてるんだ？」

会議のまとめかと思ったが、そうではないようだ。

オーフェンは手拭いを椅子に引っ掛けて、両腕を広げて大きく伸びをした。かなり根《こん》を詰めていたらしい。

「世界書の第二巻だ。っても俺の頭の中にも断片的にしかないから、書ってほどの分量でもないか……召喚機によって呼び出された、本当の歴史を残しておこうと思ってる」

「なんだって？」

よく分からず、うめく。

だが相手には、逆にきょとんとされた。

「なにが？」

「いや、もっとなんかこう……日記か自伝みたいなもんかと思ったんだ」

「大差ないだろ」

「…………」

しばらく虚空を見上げて。

同意せざるを得ないと認めて、うなずいた。

「まあ、そうか。そんなもの、この大陸に残る人間のために書いてるのか？」

「ああ」

「本当のってことは、俺らが知ってるのは嘘の歴史か」

「そうだな。すべてはとっくに裏切られていた」

「とっくに？」

「始まりから全部嘘だったってことだ」

そこまで言って彼は、付け足した。

「メッチェンには、聞きたくないと言われたよ」

「話したいのか？」

訊ねる。答えは分かり切ったことだが——隠したいなら口にはしないだろう。

オーフェンは、迷うように額に手を当て、

「話さないといけないことなんじゃないかと思ってたんだ。だが試しに話を振ってみたら、彼女にそう言われて迷いが出た。別に今さら、なんの役にも立たない話だしな」

「意味のない真実？」

「そんなとこだ」

「そんな話、時間潰しにゃちょうどいい」

サルアは手探りで、部屋の隅に押しやられていた椅子を引き寄せた。椅子の背を前にして、逆向きに座る。

「話してみろよ」

「およそ千年前、この世界に起こった変化についてだ」

神話として語られる時代だ。

キエサルヒマ大陸における人間種族の歴史が三百年とされる――大陸自体は千年前にドラゴン種族により〝発見〟されたとされ、それ以前のことは記録に残っていない。遺跡などの痕跡もないことから、大陸先住民である地人種族の由来についてはいくつかの可能性で語られていた。ひとつには、地人種族は以前から大陸に暮らしていたが、記録を残す文明は持っておらず、ドラゴン種族によって教育された。またその際のドラゴン種族による大陸の改造によって、それ以前の遺跡はすべて失われた。もうひとつの可能性は、地人種族もまたドラゴン種族と同時期にこの大陸を訪れたというものだ。

なんにしろ、その時期に、世界に破局が起こったとされている。ドラゴン種族による魔術の発見と、それに伴う神々の現出だ。ドラゴン種族が神々からこの魔術の秘儀を盗んだことで、神々の怒りを買ったというのが一般的な見方である。

神々の脅威から逃れるため、ドラゴン種族は大陸に結界を張った。しかしこの結界には綻びがあり、神々は何度もこの不備から侵入を果たそうとしてきた。そのたびに大陸は打撃を受け、ドラゴン種族は衰退した。そして三百年前、同様の綻びから人間種族が大陸に漂着した。

人間種族はドラゴン種族によって保護され、種族的に近い天人種族と混血も行われた。そうして生まれた半人間半ドラゴン種族の子孫には、魔術が備わっていた。それが人間種族の魔術士として今も生きる者たちのルーツだ。

しかし魔術はまさにドラゴン種族の破滅を約束した禁忌でもある。

魔術と魔術士こそが、神々に対する罪であり、滅びの烙印《らくいん》だ。それを排除しなければ人間種族に未来はない――というのがキムラック教会の考えだ。皮肉と言うべきか、あるいは必然と言うべきか、人間種族の始祖魔術士となった男が、その後悔から教主として教会を興し、魔術士の根絶を願った。このため、キムラック教徒は魔術士およびドラゴン信仰者とは不倶戴天《ふぐたいてん》の敵だった。それが今日、本質的に変わったというわけではない。

状況は約二年前に変化した。死の教師による内紛である。

というより、これはサルアとメッチェンが引き起こしたものだ。教会は明らかに行き詰まっていた――数十年前に勃発した魔術士同盟との抗争に負け、軍備も解体し、八方ふさがりに陥っていた。死の教師と呼ばれる少数の暗殺者を使って、勝ち目のない無意味な暴走を続けるだけだった。

その状況を維持していたのが死の教師の長であるクオだと考えたサルアらは、魔術士を教会総本山に連れ込むことで打開を図った。クオの殺害には成功したものの、その副官であるカーロッタには敗れ、彼らはキムラックを逃亡した。

その際、神殿の地下に在った（というより、それがおわす場所に神殿が造られたのだが）女神が行方をくらました。結界の綻びとともにだ。

運命の女神が大陸に降臨を果たせば、人間種族は終わる。

そうしてカウントダウンが始まった——もっとも後に伝えられたところによれば、結界が突破される時間は結界の管理者であるドラゴン種族の聖域によって予測されており、それはとっくに時限を過ぎていたという。女神を阻んでいた天人種族の始祖魔術士、オーリオウルの寿命が尽きつつあったからだ。オーリオウルはこの際に死亡した。

そしてこれもまた後に知られたことだが、結界の綻びと運命の女神は、大陸の中心、聖域の真上に移動していたという。

オーリオウルの死を知り、聖域のドラゴン種族は自暴自棄を起こす。結界の綻びは、大陸の広さに対してドラゴン種族の魔術士らの力が足りないせいだとされていた。よって結界の範囲を縮小して張り直すというプランだ。聖域内でも、この「縮小」についての考え方には差があったという。結界を作っていた始祖魔術士らは、確実性を増すため、その範囲を最小限にするべきだと考えていた。つまり彼らの隔離されている〝玄室〟一室のみをと。その周りの聖域施設に暮らしている聖域管理者らは、せめて聖域全体を結界に収めて欲しいと懇願した。

内輪もめが、聖域とさらにその外部、大陸の魔術士同盟、貴族連盟の介入もあり、事態を激化させる。結果として大陸を守る結界は失われた。その反面、女神による破滅も回避された。キムラックの秩序と信仰は半ば崩壊し、大陸魔術士同盟と貴族連盟が戦闘状態に突入する。そして今日に至る。

このキムラックと聖域の出来事のすべてに関わっていたのが、目の前にいるこの魔術士だった——当然、歴史上最大の罪状で王都に指名手配されることとなり、今では魔王として知られている。

「一般的に知られていることについて、お前に説明するのは、まあ馬鹿げてるよな」

彼はそう言って、こちらの同意を待った。

サルアはうなずいた。キムラック教会の死の教師は、まさにその経緯のために存在しているのだから。

オーフェンは、話を続けた。

「かつて世界書に記されていたのは、神々の現出についてともうひとつ、神々の消失についての神話だ――これは千年前どころではなくて、ドラゴン種族にとっての神話だ。どのくらい昔のことなのか分からない。ドラゴン種族すら存在していなかったかもしれない時代だろう。神々は巨人を殺し、それによって世界が生まれたという」

「ああ」

「世界書はドラゴン種族が、世界図塔を使って過去そのものを召喚した遺物だ。彼女らはそれを、人間種族への遺産にするとともに、恐らくは自分たちの疑問をも解消しようとしたんだろう。神々なる存在がなんであるのか、だ」

「なんだもなにもないだろう」

としか言いようがなくサルアが口を挟むと、彼は苦笑してみせた。

「神々というものが実在してしまったことに、ドラゴン種族は絶望したんだ。ドラゴン種族にとって、神々は……もっと、なんていうか、奇跡的なものであるはずだった。奇跡的なものであって欲しかったんだよ。世界観を変質させられてしまったんだ。信仰の発端が神々の実在だったキムラック教会とは逆だな」

「ふむ」

ひとまず、納得しておく。そうして簡単に説明してしまうのは、無信仰たる魔術士らしい態度ではあるが、そこは議論しても詮無いところだろう。


「ドラゴン種族は神々の現出の仕組みと、それに対抗する方策として、魔王の存在を予言した。魔王スウェーデンボリー。ドラゴン種族によれば、消失して神になった何者かで、現出した神々に対抗する者と考えられていた」

「神々の天敵か」

「もしかしたらこの世界の存在ではないのかもしれない——そんなことがあるのならだが。彼だけが異質で、この世界の成り立ちのどこにも現れないんだ」

「ふうむ」

少なくともキムラック教徒にとってこれは、際どい話だ——メッチェンが避けたのもよく分かる。

もっとも、彼女が避けたのなら、自分まで避けるわけにもいくまい。複雑な心持ちで、サルアは先を促した。

「それで？　そいつの力がお前に取り憑いてんのか」

「そうだ。聖域の第二世界図塔によって、ドラゴン種族の遺産は完結した。これで終わりだ。もう二度と、彼らの力は頼れない」

「別に今のところ、これまで知ってたことと矛盾があるようにも思わんが」

サルアは指摘したが、これは先走りだったらしい。オーフェンは手で制すると、ゆっくりと続けた。

「ひとつ見落とされていたことがある。人間種族のルーツだ」

「漂着前の歴史は残っていない」

と、これも一般的に知られたことをサルアは告げた。そのため、開拓計画は難航している。大陸の結界が消えた今も、外洋がどういった状況なのか誰も知らないのだ。

オーフェンは同意した。

「ああ。人間種族は三百年前、本当にひょっこりと現れた。神々の現出が起こったのが千年前。人間種族が結界内に漂着したのが三百年前。この七百年間、どうやって外界で人間種族は生き長らえたのか」

「俺にそれを訊くのか？」

もちろんそれと分からずに質問しているはずもないだろう。サルアは面食らいつつも、こんなことを魔術士と語り合う自分の境遇に皮肉を感じた。

「その当時、人間は魔術士化していなかったから、神々の怒りは買わなかった。それがキムラック教会の見方だ」

「違うと言ったら、反発するか？」

問いかけてくる。

（まったく――）

と、声に出さず呆れ返る。

厄介事だと分かって投げてきている。

計っているのだろうということは想像できた。キムラック教徒がどう反応するかを。

くたばれ、と仕草で示してから、サルアは首を振った。

「聞いてから判断するさ」

「俺にも確信があるわけじゃないが、これから先、あることが確認できれば、この推測は証明できると思う」

「なにが確認できたら？」

「教主の死だ」

沈黙の空間を挟んで、向かい合う。

こちらがなにも言わないのを見て、オーフェンは口を開いた。

「彼が始祖魔術士でないことが分かれば、かなりの部分がはっきりする」

「続けろよ」

「まずひとつ。教主は天人種族に改造された、記憶と人格を与えられた人形だ。これが意味するのは、天人種族がなにかを隠すつもりだったということ」

「あと、俺たちが馬鹿だったたってことか？」

「特定の立場がどうこうだったら話はもっと早かったかもな。だが違う。俺たち全員が、騙されるべくして騙されてたんだ。俺の先生だって」

彼は言って、話を続けた。

「そしてもうひとつ。人間種族に始祖魔術士がいるなら、偽を用意する必要はない。始祖魔術士はいないんだ」

「だとしたら仕組みに反するだろう」

「問題はその仕組みだ——始祖魔術士は、その種族が魔術士として神々に存在を認識されたという証《あかし》、楔《くさび》みたいなもんだ。言う通り、いなければ魔術のシステムは成立しない。なのにどうして人間種族には魔術士がいるのに、始祖魔術士がいないのか？」

「だから仕組みが——」

繰り返そうとするが、オーフェンは話を止めなかった。

「俺たちは神々、システム・ユグドラシルに認識されるまでもないんだ」

推量で話しているという顔ではない。

踏んではならないところに腰まで沈み込んでいる気配はとうに感じていたものの、サルアは意を決して、居心地の悪さを呑み込んだ。

「つまり?」

「聖域の始祖魔術士は、俺を見て、巨人種族と呼んだ」

と、胸元を示す。続けて彼は、頭の横を指さした。

「それがどういうことなのか、魔王スウェーデンボリーは知っていた。神々の現出に呼応して生じる、巨人種族の現出だ」

巨人種族。

サルアは音に出さず、それを口の中で転がした。この魔術士は普通に口にしたが、不気味な言葉だ。

その不気味さに、魔術士は説明を付け加えていった——呪文のように。

「環境に対して形質を変え、成り行きにでも能力を獲得すればそれを我が物にしてどこまでも強大化していく。魔術はそのひとつだし、機械技術も制度も、全部ドラゴン種族から手に入れ、進歩させている。巨人種族……いや人間種族と呼ぶほうが分かりやすいか。人間種族はドラゴン種族と違って、衰退どころか神々の現出すら克服しかねない」

「随分と持ち上げるもんだな」

「そうでもない。危険なことだ。それが克服された時、世界はまた変質する。神々の無意味化、無価値化だ。極限化すれば世界をまた原初の唯一の真なる状態にまで――まあいい、明日にでも負けて滅びる可能性のほうがずっと高いし、起こり得たとしても、どうせ気の遠くなるような先の話だ」

話が飛びそうになったのか、オーフェンは言い直した。

「神々は巨人を殺して世界を創ったと伝えられている。それは正しいが、正確じゃあない上に、しかも文字通りの話だった。世界の始まりの時、まったく変化の要素を持たないただひとつの塊であった世界が、砕けた。変化の可能性が生じて、未来が生まれた。変化の可能性、その方向性、指向性、それが神々であり、システム・ユグドラシルだ。つまり神々は巨人と表裏一体だし、巨人そのものでもある。同質にして正逆の」

彼は塊を持つような手つきをして、それを開いてから、また元に戻した。

「ドラゴン種族は、このシステムを一部逆行させたんだ。可能性に手心を加える手段を求めて――つまり魔術だ」

嘆息して、続ける。

「それが神々の現出を招いた。神々は、可能性を進ませるという自らの本質のため、この逆行を許さない。ドラゴン種族はそれから逃れるため、さらに可能性を逆行させた。

変化の拒絶、アイルマンカー結界がそれだ。ただこれは……時間の問題だった」

「力が足りなかった？」

「いいや、もっと根本の問題だ。変化の拒絶は突き詰めていくと、結局は死と同質のことになる。始祖魔術士のしようとしていたことがまさにそれだろう。突き詰め切るわけにはいかないから、結界には必ず不備が生じる。時間稼ぎにしかならないのさ」

時間稼ぎ。

その言葉を聞いて、サルアは時計を意識した。まだそれほど話してはいないし、時間潰しも済んでいない。

だがまさかそんなことで信仰まで試されることになるとは思っていなかった。が、試しとは元来そういうものかもしれない。

胸の中でうずまく不安は、単に心持ちの問題だけではない。この魔術士はこう言っているのだ——新大陸で教主と対決するというのは、キムラック人がこの話に直面することだと。いや、教主に対抗するため、この話を積極的に使いすらするということだろう。

そしてもうひとつ、暗にこうも言っている。

(俺に、その準備をしとけってことだろ)

前に利用した仕返しか？

皮肉を込めて見やる。魔術士はこう告げて、話を締めくくった。

「当時のドラゴン種族はこの話を知っていた。人間種族を保護したのは、隔離したかったのか、それとも利用したかったのか。可能性を信じて託したかったのか。どの派もいたってのが一番考えられるかな。関わり合うのを反対した者もいただろう。なんにしろ……今の形になった」

「ふうん」

サルアはぐったりと、椅子を傾けた。

「さっぱりだな。それをそのまま書いたって、誰か理解できんのか」

タイプライターに視線をやる。

散らかった紙屑の量からして、苦戦しているのは見て取れる。

魔術士はこう答えた。

「できないか？　つまり神々が元々持っていた肉体こそが、巨人なんだ……俺たち人間種族もまた、現出した神々の一部だってことだ。相反する一部同士だよ」

「いや、理解したいのかどうかって話さ。それは俺たちがやってきちまったことも、堪え忍んできたことも、全部無意味だったたって話だぞ」

「……そうだな」

だが、まさにそれこそが変化だとも言える。

魔術士がわざわざ触れずともそれは分かっていたが——学者や哲学者の手遊びならともかく、政治的に使うならば、慎重を要する話だ。

「だいたいそいつにしたって、どれくらい本当なんだ」

問いかけると、魔術士は投げ出すように手を振った。

「さあな」

と、サルアと同様、疲れたように椅子の背にもたれてみせた。天井に向かって、噛み締めるようにつぶやく。

「本当かどうかなんて、実際どうでもいい。仮に真実だとしてもだ、降って湧いたような真実になんの意味があるのかって話だろ？　今日、コンスタンスにも言われたよ。言われたらこう答えるしかない——そんなの分からん」

その名前を聞いて、サルアは顔をしかめた。

「あの女は苦手だな。果てしなく話が噛み合わなくてよ」

「向こうのほうがお前を苦手だろうよ。死の教師を連れてくるって言ったら、震え上がってた。手配書で見たことあるとさ」

「付き合いは長いのか？　あの連中とは」

アーバンラマという街を示すつもりで、訊ねる。あの姉妹らとは、仕事の付き合いだけという様子ではないが。

だが魔術士はかぶりを振った。

「いいや。前に、半年ほど滞在したところで、ちょっとな——まあその間はしょっちゅう顔を合わせてた」

天井を見たまま、遠くを眺めている。

なにか違うもののことを思い浮かべている気配を察して、サルアはつぶやいた。

「……あいつらのほうは、今頃はどうしてるんだろうな」

「どいつらだ？」

と、魔術士。

空とぼけているわけでもないだろうが、サルアはうめいた。

「俺が知っててお前が知ってる連中なんてのはそう多くないだろうがよ」

「まあ、そうだな」

「気にはならないのか？」

「どうだろうな。こんな時勢じゃ、無事でいるかどうかなんてことから気にしないとならない」

そんな言い方をした。

そろそろいいかと、サルアは席を立ちかけた――と、ちょうどそれを見計らってか、魔術士が言ってくる。

「教師のお前に訊いてもいいか」

「なんだよ」

奇妙な物言いに、面食らう。

無論、教師として問われれば拒むことはない。それが生業《なりわい》だ。

だがそれでも、魔術士が視線を下げたその表情を見た時には、それが余程の難問だとは予測した。

「死んだ人間を生き返らせるのは、どれだけの罪かな」

随分と突拍子もない話に、サルアはしばし、眉間に皺《しわ》を寄せた。

もっとも、予想したほどの難問ではなかったかもしれない――明白な問題だ。

「そりゃまあ、誉《ほ》められたことじゃないわな」

「医者は人を治す。それは罪じゃない」

力の入らない反駁《はんばく》をする魔術士に、サルアは告げた。

「医者は、死を治療できない。最後の不可能が約束されているから許されている。不可能を可能にすんのは、倫理を犯す罪だ。人を殺したり、かっぱらったりとはまた次元の違う話さ。なんで罪かといやあ、それが不可能で、不可能だから大事にしてきたってもんが山ほどあるからだ」

これまで延々と、あんな話をしてきた当の魔王が、分かっていないということはなかろう——議論がしたいわけでないのは感じ取れた。どうすべきかは分かった上で、ただ話したいだけだ。だから前置きしたのだろう。教師の彼に、と。

ふと、気がついた。この魔術士は、本当は自分自身に言い聞かせようとしていたのかもしれない。

当人に意図があるのならその手助けをする——教師はそうあるものだ。サルアは相手の目を見て、つぶやいた。

「……可能なのか？」

魔王の目——伝説では青色に輝くというが——は、今は通常の色から変わらないまま、否定した。

「試したことはない」

「本当に？　慎重に答えろよ。誓えるか？」

「ああ、幸いにもな。魔王の力はいまだかつて完全に制御されたことはないんだ。魔王自身、制御しなかったのかもな。できなかったのかもな。天使と悪魔だよ。無制限の力ってのは二律背反の悪夢だ。第二世界図塔の魔術が成功したのもまぐれ以外の何物でもない——必要数の術者にまったく足りてなかったし、成功率はいいとこ一割もなかったろう。その術者が言ってたよ。あまりに成算が低いから聖域はこのプランを採用しないだろうってな。事実、聖域は別の方法を取ろうとしてた。純然たる危機回避策として考えたら、魔王の召喚ってのはあの時一番成功率の低い賭けだった」

苦い思い出か。あるいは今なお続く苦い思いか。彼は目を伏せた。

「それでも、誘惑には駆られる。自分の——したことを、洗い流したくなる。全部。全部だ。それだけじゃない。今やってるような、こんな準備も手間もいらない。もしまた制御さえできれば、もっと、全部できる」

と、手を見せた。

それが血まみれになっているわけでもない。それでも緩やかに丸められた指は、それが成し遂げたことを物語っていた。死を目前にした安定を回避する代わりに、世界に変化と苦難をもたらした。

気休めは通じまい。サルアは素直に告げるしかなかった。

「俺にゃ止める権利も義理もねぇが、それをしたら、もうお前は人間じゃないし、お前に気に入られなけりゃ生きてもいけない世界に生きる俺たちも人間とは言えねえな。俺に言えるのはそんだけだ」

そう答える。

魔術士は、用意してあったように、すぐにこう言った。

「メッチェンの腕も治せる」

いや。用意してあったのではない。常に考えざるを得ないのだろう。

なかなかに良いボールを投げてくる——怯《ひる》まずにはいさせない話だ。サルアはつい、笑みを漏らした。教師としては、動揺したとしても外に出すべきではないが。

どのみち、その困惑もすぐに隠すと、サルアは告げた。

「彼女は死の教師だ。魔術みたいなもんを使ってまで治して欲しがっているかどうか、俺やお前が勝手に決めるべきじゃないし、彼女を誘惑する権利もない。メッチェンのほうから言い出したら、それから考えろ。ただし、必ず相応の対価を求めろよ。他人の誇りを奪える立場にいるなら、熟慮しろ」

「そうだな」

オーフェンは、目を閉じてつぶやいた。付け加える。

「ありがとう」

少なくとも、荷のひとつくらいは肩から下りたのだろう。

(そうならいいけどな)

と心配しかけて、また首を振る。

「ガラじゃねぇんだよ。本当にな」

もう一度、魔王の部屋を見回して――サルアは外に出た。閉じる扉の向こう側で、タイプライターの音が再開した。

第四章　凄涼の旅

荒野は果てなく続くかと思える。

地平の色、空の色。どこまでも変わらない。見据える前方と、振り返った後方と。ここまで同じなら、目を閉じて一回転すれば、どこから来てどこへ進むのかも見失ってしまうだろう。黄塵は吹き止んでいたが、長らく砂の風に晒《さら》された大地は柔らかく、足跡もすぐに消えてしまう。

それでもエドが、迷いもなく一直線に進んでいくのは不思議といえば不思議だった。真っ直《す》ぐに歩くことに自信があるのか、昼間でも星が見えるのか――《塔》のフォルテが言うネットワークとかなんとか、そんなものの助けを得ているのか、分からないが。

あるいは単に頓着していないだけかもしれない。彼の後を二十歩分ほど遅れてついて歩きながら、クリーオウは疑念を弄んだ。

（もう三日……）

こうして一切の会話もなく、ずっと歩き続けている。焦らずとも、彼が特に自分を振り切ろうとしないことについては、ようやく信じられそうになっていた。

孤独感はない。危険人物の後をつけていて、それどころではなかった。不安感？　こうまで隈無《くまな》く不安にばかり取り囲まれると、実感を通り越して夢でも見ているようになってくる。

キムラックはもとより荒廃した土地だ。

こんなところで、よく人が生きられるものだと思う――と思うのは、自分が街育ちだからだろうか。この土地に暮らしていたのはキムラック人だけだ。なにをどれだけ信じれば、そんなことが可能になるのだろう。以前には思わなかったことだが、今はその疑問が頭から離れない。

あれから騎士隊と出くわすことはなかった。偶然とも思えないものの、エドが道を選んでいる様子もない。ただ無頓着に進んでいくだけだ。彼が歩く限りついていき、立ち止まれば休む。その繰り返しだった。

警戒心から、休む場所には距離を置いた。具体的な身の危険を覚えたわけではない。エドはクリーオウなど存在もしていないかのように振る舞っていた。彼に置き去りにされることもまた警戒し、寝入るわけにもいかず、クリーオウはたちまち憔悴《しょうすい》した。

やがて、起きているのと仮眠の境目も怪しくなっていった。朦朧と混濁する情景に、人の姿が映る。夜なのか朝なのか、空は緑色だ――この色彩については、強く意識した。おかしいと感じる。緑色の空などありはしない。夢だと思っても目が覚めない。

（なんで起きられないの？）

はたと理解した。

既に目を開けている。だから起きようがない。

身体を捻《ひね》ったのはなにかの反射行動か。とにかく意志はなかった。クリーオウは手のとどくところに置いてある剣の柄を掴み取った。鞘から抜く手間もかけず、そのまま前方に突き出す。

目の前にいたエドは、頭を横にずらしてそれをかわした。

非難も抗議も、威嚇すらなく、彼はただその場にとどまって彼女を見下ろしていた。クリーオウは剣を手に、状況を確認した――何重にも布にくるんだディープ・ドラゴンは無事で、すぐ近くに寝ている。自分とエド以外、あたりに気配はない。夜はまだ明けていない。

「なにか用……？」

警戒態勢はそのままに、クリーオウは問いかけた。

エドは少し、奇妙そうな顔をした。

「俺を訪ねてきたのはそっちだろう」

「三日も経ってから言うこと？」

だが、まさにそういうつもりなのだろう。

あまりにもどうでも良かったため、今さら気づいたとでもいうのか。彼はまさに今さらの問いを口にしてきた。

「どうして俺を頼ろうと思った？」

「頼るつもりなんてない」

クリーオウはつぶやくと、剣を置いた。

夜営の場所に選んだのは、荒野の窪地《くぼち》だった。夜営といっても風に当たらない場所を見つけて仮眠するだけだ。遮蔽物もない荒野では、火を焚けば数キロ以内で目立つ。会話も難しい——クリーオウは自然と声をひそめた。

「あなたを利用するのが、一番確実にキムラックを抜ける方法だって踏んだだけよ」

エドは別段の感慨もなく、こう言ってきた。

「そうかもしれないが、俺は奴を殺すぞ。そういう任務だ」

「それは阻止する」

これもまた意味を感じなかったようだ。淡々と、

「なら、お前のほうが先に死ぬことになるな」

「そうならないために一年を費やした。ティッシのところで」

いくら繰り返そうとも虚勢に聞こえることは分かっていたし、また実際に虚勢以外のなんなのかという自問にも答えがなかったが。

ただ、持ち出した名前については、エドはわずかに反応した。ああ、とつぶやく。

「レティシャか。彼女はそれなりに手強い魔術士だ。だがお前は魔術士ではない」

「手強くもない？」

「考慮する意味がない」

素っ気なく言うものの、こう付け加えてきた。

「ただし、それがディープ・ドラゴンなのだとすれば、脅威だ」

夜気から体温を守るために、布に埋もれているディープ・ドラゴンへと視線を落とす。

クリーオウは、つい嫌味を言わずにいられなかった。

「違うはずなんでしょう？」

「この三日間観察したが、一度も目を開けていない」

「眠ったままよ」

彼がなにげなく観察と言ったことに——いつ見ていたというのだろう？——ぞっとしたものの、それでもこの件については、どんなものでも情報が欲しかった。話に付き合わざるを得ない。

「生まれたばかりのディープ・ドラゴンがどういう感じなのか分からないから、これが普通なのか知らないけれど。ずっと眠ったまま。餌を食べないでも生きてるし、ディープ・ドラゴンなのは間違いないと思うけれど」

「ディープ・ドラゴン種族の生態を知る者はいない。遭遇すれば殺される」

（あなたみたいよね）

そう思うものの口に出さなかったのは、それが本当に皮肉でもなんでもなくその通りなのかもしれないと気づいてしまったからだ。

確認したかったのはそんなことか。エドは話を終えて、身体半分ほどきびすを返しかけた。が、そこで動きを止める。

半身を残して、彼は問いかけてきた。

「何故、奴に会いたい」

「何故って？」

「奴は大罪人だ。秩序を崩壊させた」

荒野を風が吹き抜ける音が、ちょうど鳴り響いた。

大地の悲鳴のようだ。今この土地で、大地のすべてで行われていることを非難しているようにも聞こえる。

クリーオウは、睨むほど強くでもなく、相手を見やった。

「やろうとしてたのは、あなたも同じでしょう」

言い返すが、エドは首を横に振る。

「いいや。俺の意図は逆だった。それに少なくとも、俺は為政者の承認を得ていた」

「だからよ」

つぶやく。

放った言葉には、思った以上の意味がある――自分の口から出た声音に、そんなことを意識した。

「？」

言葉の複雑さに、エドが困惑するのが見て取れる。

手助けも後押しもせず、突き放す心地で、続ける。

「あの人もそう思っているかもしれないから。会いに行くの」

彼がどう反応するのかなど気にしない。突き放すというのはそういうことだ。

だがエドが立ち去るのを、クリーオウはちらりと見送った。彼はなにも言うことなく、ただ歩いて遠ざかっていく。夜の暗さで、背中の表情があったとしても読めはしない。クリーオウはディープ・ドラゴンの背中を撫でながら、うつむいた。出発までに、またさっきと同じ夢を何度か見るだろう。


陰鬱な旅は続いた。あるいは繰り返されたのか。どこかで途切れているのだとしてもその継ぎ目も分からないほど単調で、なにもない。

息をしているのも忘れるが、ふと苦しくなって思い出す。歩く速さが上がっていたらしい——前を歩くエドが速度を上げていたのだ。なにか理由があってのことなのかと、クリーオウは後方を見やった。黄色がかった土色の平面にはなにもなかった。

だが数時間して、変化があった。

(あれは……)

遥か後方。くすんだ荒野の色合いに、ぽつんと浮き上がった点が見える。

人の姿だ。

はっきりとはしない。だが間違いないだろう。ぐったりとクリーオウは頭を抱えた
——追跡されている。となれば騎士軍か、武装盗賊か。少なくとも無害な旅人などでは

ありえない。

見えなかったものが見えてきたということは、つまり追いつかれつつあるということでもある。疲労の差だろう。と。

クリーオウは、足を止めた。近づいているのは後ろの追っ手だけではない。前を進んでいたエドもまた次第に速度を落として、ついには立ち止まった。それどころかくるりと方向転換し、あと戻りしてくる。

「……なに？」

訊ねた。

が、エドは自分に用があって近づいてきているのではない。それは分かっていた。彼はクリーオウよりもっと遠くを見やっていた。きっと、追っ手のほうだ。

無視されるかと思っていたのだが、エドはすれ違う瞬間に、ぽつりと言い残していった。

「振り切れそうにない。殲滅《せんめつ》しておく」

「ちょっと！」

声をあげて、追うように振り返る。彼の腕を掴んで制止しようとしたが手は届かなかった。

「なんだ？」

別段、急いではいないからか。エドは肩越しに返事した。なにを考えているにせよ、それを感じさせない眼差しで。

クリーオウは思わず、息を呑んだ。こんなことまで確認しないとならないとは。

「殺しに行くっていうわけ？」

「ほうっておいても六時間以内に追いつかれる。こちらから出向けば二時間で遭遇する。こちらが疲れ切る前に片付けるほうが安全だから、早く済ませる」

「〝安全〟ってそんな使い方するの、初めて聞いた」

「言っている意味が分からん」

付き合うまでもないということだろう。彼はまた歩き出す。

一瞬躊躇したものの、クリーオウも彼についていった。

「追ってきているのは騎士なの？」

「ああ。軍人だ。死ぬのも仕事だ」

淡々と、エドがつぶやく。

「補償もある。先に言っておくが、奴らの延命を俺に訴えるな。無意味だ」

「返り討ちになるなんて考えてもいないって言いぐさね」

「いや。常に考慮している。死なないよう対策を講じるためには不可欠だ」

「そういうことじゃなくて――」

「それでも避けられない死が生じた場合のことは、心配しても仕方ない。俺には遺族補償はないが、それは特に困ることではない」

まったくの減らず口だ。彼がひたすら本気で言っているのが少々の違いだが。

クリーオウは声を荒らげた。

「わたしは困るのよ！　こんなとこで道案内をなくしちゃったら」

「俺の知ったことではないし、お前こそ、俺が必ず負けるような言いぐさだ」

「どうかしらね。彼らと遭遇するより前に倒れて死んだって驚きはしないけど」

追いかけるのを止め、囁く。

軽い賭けだったが功を奏した。エドも立ち止まったのだ。

口早に続ける。

「あなた、この三日間、なにも食べてない。あの酒場でだって、まともなものを口にしてたと思えないけどね。半病人か半死人かどっちでもいいけど、毎日のように魔術士相手の実戦を続けてやる気も十分の騎士を何人相手にできるつもり？」

「…………」

　エドは答えない。だが聞いてはいる。

　意を決してクリーオウは続けた。

「フォルテが心配してた。あなた、もしかして、あの時以来――」

　振り向いてきたその目に見据えられて、吐きかけた言葉を呑み込む。

　危なかった――と、直感的に思う。言い切っていたらどんなことになっていたやら。

　一瞬後には、見たものが錯覚だったのではと思うほど、エドは感情のないいつもの表情に戻っていた。

「どのみち、今のペースでは追いつかれる」

「わたしはもう少し速度を上げても大丈夫」

「俺は無理だ」

　存外にあっさりと、彼は認めてみせた。

　クリーオウはしばし、考え込んだ。

「水と食糧には、少し余裕がある」

　鞄を持ち直して、蓋を開ける。携行食のひとつを取り出した。脂の塊のようなもので、脂の塊のような味しかしない、実際に脂の塊ではないかと思える脂の塊だが。ひとつまみで一食分くらいは持つ。その程度口に入れるだけで食欲がなくなるのも、ありがたくはないが、便利な点だ。

それをエドに渡して、続ける。

「余裕のあるうちに食べて、仮眠して。二時間後に出発する」

「相当に奴らを接近させることになる」

「ええ。だから休んだ後は、全速力で引き離す。これを使って」

と、ポケットから黒い丸薬の入った袋を出して見せた。見た目で分かるものではないが、彼はすぐに察したらしい。

「キムラック難民から手に入れたの。彼らが言うには、荒野の旅には判断力よりも、足の速さが必要だって」

「奴らには服薬暗殺者の文化がある」

エドはそう言うと、その場に座り込んだ。携行食の包みを解いて、いきなりそれを丸かじりする——その不味さを思い出し、クリーオウは見ただけで身を竦ませたが、彼はなんの気もない様子でたちまち平らげた。

多分、三日分くらいを食べたはずだ。そのくらいの補給は必要だったろう。食べるなり彼はそのまま横になって目を閉じた。

取り残された心地で、クリーオウは手にした袋を見下ろした。頭に乗ったディープ・ドラゴンを意識して、言い訳でもするつもりでつぶやく。

「少量を、注意しながら使えばいいって――」

「適用量は俺が分かる」

思ってもいなかったが、エドが答えた。

「俺は元々、服薬暗殺者だ」

そして今度こそ寝息を立て始めた。


再び引き離すまで、二日かかった。

その間のことは、ほとんど記憶に残っていない――ただ歩きながら、空ばかり見上げていた気がする。なにも見ず、なにも考えられず、自分がどれくらいの速さで歩いているのかもまったく分からなかった。

長引かなかったのは幸運だったのだろう。もう大丈夫だろうとエドが言ってから、クリーオウはほとんど倒れ込んだ。ここ数日ぶりに熟睡し、目を開けた時には丸一日が経過していた。途中、何度か起きたような記憶もある。が、それも夢の出来事かもしれない。

それだけ眠っても倦怠感《けんたいかん》が離れようとしない。鬱血でもしたかのように、身体のあちこちが重かった。

「ぎりっぎり」

胃の辺りを押さえて、クリーオウはうめいた。頭の上のディープ・ドラゴンを見上げながら、

「すっごいぎりぎりだった気がする」

「もともと気が昂《たか》ぶっていたんだろう」

と、エドが口を挟んでくる。

「それか、体質だ。相性が良いとも言えるし、極めて悪いとも言える」

彼のほうを見やって——言わんとするところを察して、クリーオウは顔をしかめた。

ポケットから例の薬が入った袋を取り出して、投げつけるように彼に渡す。

「あとどれくらいでキムラックを越えられるの？」

訊ねると、彼は唇の傷痕あたりを指で撫で、つぶやいた。

「騎士隊の本格的な勢力圏は、まだこれからだ」

「あなたは、貴族連盟から命令を受けてるんでしょ？　通行証みたいなのはないの？」

「言うまでもないが、建前としては非合法な指令だ」

「ここを抜けたとしても、アーバンラマは門を閉ざしてるんでしょう？　中に入る算段はあるの？」

不快を紛らわすつもりで、つい質問を重ねる。

エドは素知らぬ風だった。

「準備がないでもない。が、今から考えても意味がない。ただ、王都の放った暗殺計画は今のところことごとく失敗している」

「……そんなに？」

そんなに失敗しているのかというより、そんなにも計画があったのか。

クリーオウの不安を見ても、エドは笑いもしなかった。

「標的の重要性から考えれば、むしろそう多いとは言えない。王都はアーバンラマの参戦を恐れて、大きな計画を組めない。正式な討伐部隊も編制できずにいる」

「暗殺の指令を受けるたびに、名前を変えるの？」

この問いかけは不意を突いたらしい。エドの表情がわずかに動いて見えた。

彼は無視しかけたのかもしれない。不自然な間をおいて言ってきた。

「俺の名前の数は、計画の数だ。最接近領への諜報《ちょうほう》、ドッペル・イクスへの接触、キムラック破壊工作、聖域情報収集、《牙の塔》銃器製造計画の漏洩《ろうえい》……」

「それが全部？」

「いいや。他に、いくらもある。ただ――」

「ただ？」

エドは口をつぐんだ。

もともとが、口を滑らせたような話ではあったのだろう。短い時間の葛藤が見て取れた。結局彼は、渋々と言葉を継いだ。

「魔王になるための名前は、用意していなかったな」

そんなことを言うのに躊躇した理由も、しかもあえて言った理由も、クリーオウには分からなかった。

〝騎士隊の本格的な勢力圏は、まだこれからだ〟

それが単に嫌がらせで言ったことなのだと、クリーオウとしては思いたいところだった――が、そうでないというのは分かっていた。

こんな旅である。和気藹々《あいあい》とはいかない。

それでもエドは次第に体調を回復させ、多少は口数を増やした。話す内容は、殺すだの死ぬだの、いかにも人をげんなりさせるようなことばかりだったが……

巡回の頻度が増えたとか、また発見されたということはなかった。だが明らかに進行は遅くなった。エドは道を選び、進む時間帯もますます不規則になっていった。彼はその理由をいちいち説明もしない――クリーオウも訊かなかった。

仮眠の間隔も狭まり、時間感覚も狂って、もはや夜と昼くらいしか区別がつかなくなっていく。

ある夜、休憩中に、クリーオウはつぶやいた。

「本当は、取引を持ちかけるつもりでいた」

エドが顔を上げる。

「なんの取引だ？」

「…………」

実を言えば、単なる寝言だった――自分自身、口走った声で目が覚めたほどだ。半分夢を見ていたのだろう。だが言ってしまった内容を理解するにつれ、意識が覚醒する。

(……なんて余計なことを)

疲労と睡魔のせいで、誤魔化せるほど頭も働かない。

言い逃れを考えるのは諦めて、クリーオウは彼の顔を見返した。

「ロッテーシャが、あの後、なんて言って消えていったか。わたしは知ってる。あの人に聞いたの」

「それを俺に教えるのが取引か？」

エドは相変わらず知らぬ風だったが、彼が無表情で語る嘘には辟易《へきえき》していたところだ――クリーオウは、それこそ知ったことではなく念を押した。

「気になってるんでしょう？　でも、止めた。あなたが真っ先に、彼女の名前を呼んだから」

エドはなにも答えない。じっと、自分の爪先を見る位置から身動きもしない。

クリーオウは嘆息した。

「それが彼女の望みだったんなら、ロッテーシャを裏切れない」

かなりの時間、会話が途切れた。

少なくとも三日は経ったろう。一言も口をきかなくなっていたエドが、脈絡もなくつぶやいた。

「キリランシェロが」

「え？」

今度は彼が寝言を口走ったのではないか。

かなりの確度でそう思えたのは、エドがしばらく、戸惑いの目でこちらを見たからだ――それだけ間をおいて考え込んで、いざ話し始めて迷うというのはこの男らしくない。

（……そうでもないかな）

クリーオウにもそんなことを思わせるほどの間を十分に空けて、エドは続けた。

「お前が会うと、なにか変わるのか？」

「ええ」

まさかそう答えるとは、彼は思っていなかっただろう。ただそれだけの理由でクリーオウは即答した。

それでも、エドの嘲りに意志を突き返せるくらいの自信はあった。

「過信か？　はったりか？」

鼻で笑うエドに、否定を返す。

「いいえ」

「お前が会って、どうして奴の過ちが正される」

「反論するまでもないけど、そんなことは全然関係ないし、あの人のしたことが間違いだとは、わたしは思ってない」

数日の旅路で、この男への警戒心を緩めたわけではまったくない――が、扱い方が分かってきてもいた。彼の弱みも。

本当にただそのままの意味で、彼には暴力以外、なにもない。その手腕にだけは長《た》けているため、彼は敵対する相手は殺すだろう。

だが敵対もせず、その暴力を恐れもしない相手には、彼はなんの力もない。殺せはするだろうが、なんの意味も、価値もない。しかも自分ではそのことに気づいていない。

（だから……）

クリーオウは、胸中で付け足した。

彼にはなにも理解できないだろう。

エドは、つぶやいてみせた。

「俺を憐《あわ》れんでいるように見えるな」

「まったくの鈍感ってわけでもないみたいね」

まるで織り込み済みのようにクリーオウは告げたが、内心では、意外だった――彼が気づいたこともそうだし、そもそも自分の感じていたのが同情だとも思っていなかった。

これでまた数日は黙り込むことになりそうだ。そう思って眠りについた。

目を開けて、舌打ちした。

（扱い方が分かってきてた、ですって？）

馬鹿馬鹿しさにかぶりを振る。まったく。ロッテーシャがどんな目に遭わされたか忘れてたわけでもないでしょうに。

クリーオウはあたりを見回して、手元に残ったものとそうでないものを確認した。ディープ・ドラゴンは無事だ。剣もある。枕にしていた鞄も手つかずで残っている。思った以上に寝入ってしまったため、無駄にした時間は小一時間から数時間というところか。跡形もなくなっていたのはポケットの拳銃と、道案内の姿だった。

荷物をまとめて、足跡を探す。見込みがないことは分かっていた——ただでさえ足跡の残りにくい土地で、姿を消すつもりで姿を消したなら痕跡など残さないだろう。あとは方向を推測して進むしかない。自分がここまで、どちらから進んできたのか、幸いにも地形が記憶に残っていた。真っ直ぐに歩き続けられることを祈りつつ、足早に進み出す。

(あの野郎……)

とは思うものの、自分で思っていたほど怒りも湧かない。

クリーオウは苦笑いして認めた——信用する理由のない相手に隙を見せたら出し抜かれたということに過ぎない。殺されない理由もなかったから殺されなかっただけでも幸運だ。

（取引すれば良かったかもね）

頭の上で寝ているディープ・ドラゴンに、つぶやきかける。

それも自分でやめたのだから自業自得だ。

十分ほども歩いただろうか。

ふと、クリーオウは違和感を覚えた。

なにがというわけでもない。もとより荒野には動植物の気配は薄く、その鳴き声が途絶えたといった明確な兆候が感じ取れたわけではなかった。

（ただの気配）

一年間でレティシャに叩き込まれたことはいくつもあるが、自信を持つほど身に着けたといえるものはそう多いわけでもない。

〝弟子入りを志願する人の多くはね、まず自信をなくしてる〟

レティシャの言葉が脳裏に蘇る。

〝だから志願するんだしね――習得においては、謙虚さは都合が良い。ただ発揮する時には邪魔になる〟

理解できていると思っていなかったことが、実は身体の中で生きていたと、悟る。

察すると同時、跳躍した。身をかわす程度の短い動作だが。跳び去った背後で、なにかが着地する音が聞こえた。

身を休めるため、地面に空いた窪地にいた――そこから抜け出そうというところだった。当然、周囲はちょっとした崖か、丘のようになっている。誰かがその上から飛び降りてきたのだ。

クリーオウは剣を抜きつつ、振り返った。

そこには男がふたり、同様に剣を携え、こちらを見返している。ひとりかと思ったがふたりだった。同時に飛び降りたのだろう。指揮された動きだ。

騎士であることは、推測するまでもなかった。装備も服も、王立騎士隊のものだ。金髪碧眼《へきがん》、いかにも騎士らしい、端正な顔立ちの若い男たちだった。

無駄口はない。一方が、切っ先を突き出してくる。

反射的にクリーオウは剣を撥《は》ね上げ、攻撃を弾いた。防がれることを彼らは予想していただろうか?――それは恐らく、自分のことを何者かと思っているかによるだろう。

クリーオウはいくつかの想像をした。一番あり得そうなのは、魔術士と思われている可能性だ。その次にあるのは、魔術士の密偵か。

(難民だとは――)

恐らくそれはない。自分は、まずキムラック人には見えないはずだ。彼らが誰何《すいか》もせず、最も素速く始末しようとしてきたことからも分かる。

最初に斬り掛かってきた相手と、その後も数度、刀身を絡ませた。動きにはなんとかついていける。問題は、相手がふたりだということだ。いや……

(それだけのわけないわよね)

クリーオウが気づくのと同時、また背後で物音が響いた。

今度は振り返れないが、先ほどと同じ音だ。恐らくさらにひとりかふたり、騎士が飛び降りてきたのだろう。

背後から為す術《すべ》もなく殺される——その恐怖感を背負いながら、騎士の攻撃を防ぎ続ける。既にいくつか手元が狂い、二の腕と肩に浅く、敵の剣を受けていた。

(どうすればいい……？)

考える時間は残されていない。

選択肢もそう多くはない。まずは……

相手の斬り込みに合わせて、鞄を持ち上げた。突き込まれた刃が、中に入っているなにか——不愉快な携行食でもなんでもいいが——に刺さり、引っ掛かることを祈る。だがどちらにせよ結果を見届けてもいられなかった。すぐさま背後に向き直る。案の定ひとりの騎士が、同様に斬り掛かってきている。

クリーオウは片手で剣を振り上げると、相手の刃を受け流した。金属が擦れて火花が散る。白い光に瞬時、目が眩《くら》むのを感じた。

後ろ手に鞄を手放す。放した手も合わせて、剣を支えた。しっかりと掴んだ柄にかかってくる、敵の武器の重さが次第にすり抜けていく。それが完全に消えてなくなるより先に、決断しなければならない。

(分かったわよ、まったくもう――)

眼前に迫る刃にも、背後の凶器にも、その持ち主たちにも、そして自分に対しても、心の底からうんざりして、叫びを発した。

斬り返す。

水平に剣を構えて、振り切った。

刃は騎士の胸の正面を薙《な》いだ。まだ力が足りなかった。浅い。深手には至らないが、一撃を受け流されてもともとバランスを崩しかけていた騎士は、さらなる衝撃につまずいて倒れ込んだ。

終わりではない。

先ほどの騎士ふたりと、改めて対峙《たいじ》する。ひとりはクリーオウの鞄から剣を引き抜き、もうひとりも戦列に加わろうと前進した。

(勝ち目は薄い)

逃げ切れる見込みはもっと薄い。

この連中は恐らく、以前にずっと後をつけてきていた追っ手だ——と、クリーオウは気づいた。追跡を続けていたのだ。

(どうする?)

すぐにも行動しなければ、今ようやく作った隙すらも失ってしまう。

幸い、彼らは銃を装備していない。

銃声が鳴り響いた。

「……!?」

クリーオウは、すっかり混乱して瞬きした。

銃声が二度、そして眼前の騎士が同時に、重なり合うようにして倒れるのが見えた。

さらにもう一度。その最後の銃声にだけは、クリーオウは反応して身を竦ませた。なにが起こったのか、ようやく分かってきていた。

恐る恐る、ゆっくり見やると、倒れていた騎士が動きを止めている。

三人とも、どこに傷口が開いたのかはよく分からなかった。ただ即死していた。

見上げると、彼ら騎士たちが飛び降りてきた高所に、黒い人影が立っていた。その手には銃がある。小型拳銃が硝煙をたなびかせていた。

「どうやら引き離せたのではなく、少数の隠密行動に切り換えていたようなんでな」

エドは淡々とそう言って、ヘイルストームをポケットに入れた。どうやら返すつもりはないらしい。

「本当は、お前が寝ているうちにすべて終わっている予定だったが」

呆然と、クリーオウは彼、そして死体みっつを見回した。吐き気どころかショックもない。わけが分からず空虚な脳に、なにか意味のある言葉が湧き出るのを待つだけだった。

ようやく浮かんだものを口にする。

「……わたしを囮《おとり》に？」

「こ、こっちの役割をしたかったか？」

「せめて説明してから——」

「共謀したかったか？」

と、彼は崖から降りてきた。

騎士たちに対してはなんの思いもないようで、ことさらに注意も払わず、無視するでもない。死体が銃を持っているかどうか、それだけ確認したようだ。

「鞄を拾え。先に進む」

そう言って、彼は死体を踏み越えた。


その夜、エドは脈絡なく言い出した。

「取引をしよう」

なんのことか分からず、クリーオウはとりあえず相手の顔を見つめた。

繰り返される侘《わび》しい休憩、今回も特に変わりはない。

月の形すら昨日と変わっていないように思える——それは月の明かりを避けて物陰に潜んでいるからだが。

警戒というよりただ意味を確かめるために、クリーオウは問い質そうとした。

「それは——」

彼は、それをすぐ制止した。

「違う取引だ。俺はお前をアーバンラマまで連れて行ってやる。だがそこで、俺の邪魔はするな」

「……すごく矛盾した取引に聞こえるけど」

「そうか？」

エドはとぼけたような言いようをする。素振りというより、他の有りようがないのかもしれないが。

なんでこんなことを反論しているのか、それこそとんちんかんな思いに駆られて、クリーオウはうめいた。

「だって本末転倒じゃない。それならそもそも連れて行かなければ――」

言いかけて理解する。

彼は、案内なしでもクリーオウがアーバンラマまで辿《たど》り着くと判断したのだ。

「どうして？」

訊ねる。

かなり唐突な問いかけだったにもかかわらず、その殺し屋は心でも読んだように答えてきた。

「俺が姿を消しても、先に進むことを選んだ」

（からかってるの？）

寝不足も手伝って苛立ちを感じるが、まずは気を静めて返答を考える。

「答えは……」

目を閉じ、そしてまた開いても、浮かんだ返事は変わらなかった。

「ノーよ。わたしはあなたに協力を頼まないで、あなたを利用した上、あなたの目論見《もくろみ》を邪魔する」

「理由を訊いても構わないか？」

と、エド。意外ではなかったらしい。

気の利いた答えも思いつかず、クリーオウは嘆息した。

「直感的に」

「単に俺が嫌いだからということか」

「多分、そうね」

多少違う気もするが、多少程度の違いはどうでもいいところなのだろう。それに、実際――本当にほとんど違わないようにも思う。

「それが、俺とキリランシェロの違いか？」

「え？」

「聖域で……」

エドは思い出すようにゆっくりと語り出した。

「聖域に与《くみ》していた殺し屋が、こう言った。俺に殺されることはまったく恐れないと。お前の態度を見ていると、それを思い出す。そして」

さらに付け加える。

「こうも言っていた。自分を敗北させるのは、俺と同質にして正逆の存在だけだ、と」

「その人は……？」

思い出したのはライアンのことだったが、違う人物の話だというのは分かっていた。彼の話しぶりから、その人物がどういった結末に至ったかも想像はつく。エドはそれを口にした。

「キリランシェロが、奴を殺したらしい」

「…………」

「キムラックでも、奴は、死の教師をひとり殺害している」

エドはそう言って、肩を竦める動作をした。

「奴が俺と違うというのは、理解しかねる。まさか人数の差ではないだろう」

皮肉ではなく、本当にただ分からないという口調だ。

（そんなことは……）

クリーオウは、声に出さずつぶやいた。分かるわけがないし、言えるはずもない。

実際に、違いがあるのかどうか――本当にほとんど違わないことだって、やはりあるのだろうから。

「一年間ずっと、どうしてあの人がわたしたちを置いてひとりで行ったか、考えてた」

つぶやくと、エドがわずかに顔をしかめるのが見えた。失望の色だ。彼は、話が逸れたと感じたのだろう。

だがクリーオウは構わずに続けた。

「事情は分かってる。あの人は反逆罪に問われてたし、わたしたちを逃亡に付き合わせるわけはないわよね。でも、それがなくてもひとりで行っただろうって思う」

あの日の情景を思い出して、言葉が途切れる。

すべてが終わった日でもあり、違うものが始まった日でもある。眠っているディープ・ドラゴンの毛に沿って指を動かし、クリーオウは続けた。

「変わってしまった自分は、わたしたちといっしょにいられないって、彼は思ってる。わたしには——そのことだけは、彼の間違いだって言える。だって、わたしだって変わるもの」

もはや誰と話していたかも、一瞬、忘れかけていた。

声にも力が入りすぎていたかもしれない。少々ばつが悪くなって、エドを見やる。だが彼もまた話など忘れているように、ぼんやりと遠くを見つめていた。

彼がロッテーシャのことを考えているのは、想像できた。

第五章　別離の日々

「これで何度目になるかしらね」

ここしばらくは使うことも少なくなっていた例の地下会議室で、コンスタンスが開口一番に切り出してきたのは、そんな言葉だった。

もちろん言う通り、初めて聞く話ではない——難しげな彼女の表情、口調、苛ついて机を叩く指先、そして他に同席している顔ぶれで、なんの用かはすぐ見当がついた。オーフェンはちらと、コンスタンスの横に座っているサルアとメッチェンを見やった。ふたりは先に話を聞いているらしい。そんな面持ちだ。

「殺し屋の噂よ」

告げてくるコンスタンスに、オーフェンはうなずいた。

「賞金稼ぎじゃなくて？」

「おんなじことでしょ」

「まあな」

天井を見上げる。

真剣味が足りないとでも感じたのだろうか。コンスタンスの口調が厳しくなった。

「〝サンクタム〟よ。標的はあなた」

こちらがまだ無言でいると、それにもまた苛立ったのか、言わずもがなのことを付け足してくる。

「ここ半年、何度も聞いた名前だけど、ついに――って言うべきなのしら――近郊で噂が出たの」

「了解した。対処する」

オーフェンはそう告げて、退出しようとした。

そのまま話を終わらせてしまいたかったのだが――そう甘くもなかったようだ。

追いかけるようにして、コンスタンスが言ってきた。

「警備を強化するわ」

出口の手前で立ち止まる。

ちょうど背中を向けていることに感謝して、苦笑を噛み潰してから、表情を戻す。振り返ると、神妙に真面目くさったコンスタンスがこちらを睨みつけていた。

「強化って？」

訊ねると、コンスタンスは話を続けた。

「増員して、シフトを――」

「やめておけ」

「どうして？」

制止に抗議する彼女に、オーフェンはしばし間を置いた。説得力を持った言い訳を考える必要がある。

「賊の目的が開拓計画の阻止ならともかく、俺個人だった時が問題だ。市民、開拓団、どちらかに被害が出たら言い訳が立たない。今、なにより守らないとならないのは士気だ」

「だが、現実問題として」

と、サルアが口を挟んだ。

「お前が死んでも計画は頓挫する。自分が標的になる理由を考えてみるこったな」

「この開拓計画には、俺の名前はどこにも入ってない。俺抜きで機能する組織になっているはずだ」

「開拓中、不測の事態がなければな」

サルアは皮肉げに笑ってみせた。そして付け足す。

「ないわきゃないだろ?」

「そうだな」

オーフェンは認めた。

だが、コンスタンスに向き直って告げる。

「別段の警備がいらない本当の理由は、俺ひとりで対処できるからだよ」

「そんなこと、どうして分かるの?」

疑わしげに、コンスタンス。オーフェンはうめいた。

「こんな切羽詰まった時期に出てくるようなのは、どうせ出涸《でが》らしだ」

「あるいは切り札か」

またサルアが余計な口出しをしてくる。オーフェンはちらと視線を送ったが、死の教師はにやにやして椅子を傾けている。このところ堅苦しい会合が続いたので憂さが溜《た》まってるのだろう。スーツ姿でない彼を見るのも久しぶりだった。

彼のことは無視する形で、オーフェンは議論を終わらせた。

「それにどうせ、出航まであと四日だ」

会議室を出て廊下を進んでいると、背後から追いかけてくる足音があった。

音の調子でだいたい予想がつく——ぱたぱたと鳥のようにぎこちないのがコンスタンスで、妙に静かで肉食獣を思わせるのがメッチェンだ。

聞こえてきたのはそのどちらでもない。言うなれば車輪のように正確な歩き方だ。音から速度が分からない。

「俺が護衛してやろうか？」

サルアの声に、振り向かないままオーフェンはつぶやいた。

「賞金首ふたりで護衛し合うのか？」

「いいじゃねぇか。どっちを狩ろうか賞金稼ぎが迷ってる隙に、ズバァだ」

剣を振るような仕草をしながら、速度を上げたサルアが横に並ぶ。オーフェンはそれを横目で見やった。

「開拓団のリーダーが人斬りだなんて噂を立てられたくはないな」

「周知の事実だろ」

「スポンサーが、知らなかったと言える余地がなくなっちまうのはまずいって話だ」

そんなことを言い合っているうちに階段を登り、ホテルのロビーに出る。

部屋着のサルアは、そのまま部屋に戻るだろう——オーフェンは外に出るつもりだった。適当に会釈して別れようとすると、機先を制してサルアが声をあげる。

「サンクタムなんて名前の殺し屋は聞いたことがない。本当に出涸らしかもな」

「ああ……」

と、オーフェンが半端に言葉が詰まらせるのを見て、死の教師は狙い撃ちでもするような手つきで指さしてきた。

「ンなこと思っちゃいないんだろ？」

オーフェンはあたりを見回した——ロビーには警備が立っているが、近くにはいない。少しばかり声を落として答える。

「多分、対処できるのは俺だけだ」

「で、これから処理に赴いて、帰ってくるのは出航の時か？」

「もっと早く済めば、早く戻るさ」

「間に合わないってことは？」

サルアの問いに、オーフェンはしばし虚空を見上げた。

他に言えることはないと確信して、口に出す。

「さあな。なんで分かるわけないことを訊くんだ？」

それだけ言い残して、外に出て行った。

◆◇◆◇◆

いまだに荒野の夢を見る。

というより、うなされる。おかげで目を開けてからしばらく天井を眺めるのが、このところの癖になった。数週間も彷徨った荒野の記憶と、いま見ている現実と、どちらかが揺れて薄れていくのを待つ。

現在のところ、常に後者が勝っている——幸いにも。

葛藤が終わってみれば、現実が勝つのは当たり前だった。無駄な時間だ。もっとも、

（別にすることもないし、いいんだけど）

むくりと起き上がって、陰鬱につぶやく。

カーテンを閉じた窓からは朝日がのぞいていた。日差しの角度で分かる。実のところそう早くもないが、昼にはなっていない。そんな時刻だ。部屋に時計はない。住人が避難の時に持っていったか、侵入者が盗んでいったのだろう。

（いいんだけど）

クリーオウは繰り返した。ベッドの脇に置いてあるバスケットにはクッションが詰めてあって、そこにディープ・ドラゴンが寝ている。その様子を確かめるものの、今まで

と変化はない。

ここ数日、まったく変化がなかった日常と同じく、なんの変化もない。

黒い獣に倣うわけでもないが、クリーオウはまだしばらく寝台に寝そべっていようか、誘惑に駆られた——眠気はないものの、妙な倦怠感が手足に絡みついている。だが意を決して飛び起きると、身支度を整えた。もちろん寝間着があるわけでもなく、昨日の夜に干しておいた服を着込むだけだ。

部屋は、ほとんど生活に支障ない程度には家具が残っていた。

家具を持ち出さなかったということは、避難は急なものだったのだろう。となると元の住人は余程の慌て者だったと思わざるを得ない——アーバンラマに程近いこのあたりが争乱に脅かされたことはまだ一度もなく、その危険を感じさせることすらなかったはずだ。キムラック崩壊の報を聞いて、慌てて逃げ出したのだろう。

荒野を抜けてきたから実感することだが、騎士軍はキムラック東方にはほとんど布陣していない。タフレムは戦力不足に喘《あえ》いでいるが、それは騎士軍も同じようだ。もっとも、それを知ってか知らずか、アーバンラマ市は門を固く閉じて防備を強めている。

おかげで……

(こんな目の前で手詰まりなんだから)

呆れる。

着てから気づいたが、服はまだ生乾きだった。やはりもう少し寝ていたほうが良かったのかもしれない。

のろのろした足取りで、階下に降りる。

台所に降りるものの、家にもう食糧が残っていないのは確認済みだった。持っていた携行食も尽きて——朝食を用意するつもりなら、寝室に置き去りになっていたサボテンでも調理するしかないだろう。

もっとも、そのつもりもなかった。単に食指が動かなかったというのもあるが、この家主なき家の、仮の主人のように思えたからだ。

応接間のソファーに、エドがいた。なにをするでもなくただ座っている。

彼はそこにいるか、そこで眠っているか、あるいはまったくどこにもいないか、このどれかだった。にもかかわらず退屈しているようにも見えないし、退屈潰しすらしている様子がない。

「おはよう」

クリーオウはつぶやいた。仕方がないため一応こちらから声をかけるのだが、いつも奇妙な心持ちにさせられる——長い間、いっしょに暮らしてきたみたいだ。恋人どころか家族というくらいに。エドの無反応さがそれを思わせるのだろうが。

ただ、むしろクリーオウにとっては警戒感が増していた。

もともと脆《もろ》かった共生関係は、今や完全に意味を失っている。食糧はもうないし、荒野を抜ければ道案内の意味は薄い。アーバンラマは目の前だ。それでもまだふたりがここにとどまっているのは、単に市内に入るあてがないからに過ぎない。

(……あとは)

やましくもあったが、クリーオウは認めた。別離を言い出せば、自分とこの男との関係は、標的を狙う殺し屋とその邪魔者に変わる。

現実的に考えて、いまだその準備はできていない。

が、エドは珍しくこちらを無視しなかった。

だからといって愛想があったわけでもない。彼はただクリーオウのほうを見、議論の余地のない口調でただこう言った。

「すぐにここを出る」

「え？」

「準備ができた」

怪訝な心持ちを隠せず、クリーオウが眉間にしわを寄せていると、エドは億劫《おっくう》そうに言い足した。

「なら置いていけばいい——という顔だな」

「良くはないけど……」

クリーオウはうめいた。他に言うことも思いつかず、一番あり得そうにない言葉を口にする。

「それ、親切心？」

彼はしばらく考え込んだようだった。

「近いな」

平然と言うエドに、クリーオウは念を押した。

「食い違うとアレだから、一応質問させてね。親切心ってどういう意味で使ってる？」

「互いの益になるよう利用することだ」

「……反対語は、自分の利益のためだけに利用すること？」

「そうだ」

しばらく検討して、反論する意味はないと判断し、クリーオウは話題を切り換えた。

「準備って、どんなことを？」

「情報収集だ」

「誰とも会ってなんか――」

つい言いかけて、口ごもる。

エドは知ったことではないという風に手を振ってみせた。

「尾行していたのは知っている。だから分からないよう連絡を取った」

と、彼は懐から何通かの書簡を取り出して、テーブルに放った。

見ろということなのだろうと見当をつけて、クリーオウはそれを手に取った。どの紙片にも土や草の汚れがある――どこかの隠し場所に置いてやり取りしていたのだろう。

一番上にあった書類を、クリーオウは読み上げた。

「外大陸開拓計画」

大陸中で噂されていることだ。キムラック難民の間で知れ渡り、そして難民は大陸中を巡るのだから、噂が広まるのも早かった。

半年前には第一陣が発ったという話もある。まことしやかに囁かれる伝説の類とは違って、信憑性《しんぴょう》は高いと思っていた。が、こうして書類など見ると、夢で見た怪物に肩でも叩かれたようで、ぎょっとする。

「こんなこと可能なの？」

それは質問ではなく、つい口をついて出た言葉だった。が、エドは答えた。

「不可能だ」

彼の言いように、クリーオウは顔を上げた。その視線の前に、エドの表情はただ自明の理とばかりに繰り返す。

「失敗する」

「どうして?」

「失敗する可能性が一番高いからだ」

肩を竦めて、彼は話を続けた。

「アーバンラマが市を挙げて、門を閉ざして取り組んでいる計画だ。公然の秘密で、こうした動きがあるのはとうの昔に知っていた。計画を主導しているのはアーバンラマのいくつかの資産家だが、実質、キリランシェロで間違いない」

「…………」

クリーオウが黙っているうちに、また言い足す。

「貴族連盟が奴を殺したい理由のひとつでもある——最優先課題でもないが。失敗は確実だからな」

「あの人は、どうしてこれを?」

「いくつか推測することはできるが、差し当たっては、身の安全を守るのに都合が良かったんだろう」

「そうかしらね」

思わず皮肉な口調になる。どのみち、この場で良いように解釈しようと悪いように解釈しようと、意味がないことには変わりない。

と、ふと矛盾に気づいて、クリーオウは訊ねた。

「わたしに分からないよう情報を集めたってことは、アーバンラマに入る前に、わたしを撒くつもりだったんでしょう。どうして気を変えたの」

手元の書簡を叩く。

エドは即答した。

「親切心だ」

彼がそれをどう説明したか、思い出そうとしている間に、彼自身が言い直す。

「キリランシェロは俺が来ることは予想している。予防線を張っているかもしれない。だから――」

だから頭数を増やして欺瞞《ぎまん》するということなのだろう。なるほど、親切心か――クリーオウは内心うめきつつ、つぶやいた。

「もしかしたら、わたしが来ることだって予想しているかも」

（え？）

言ってから、ぞっとする。

思いつきで喋《しゃべ》ったことだが、自分がなにを言ったのかを悟って、つい胸に痛みを覚えた——具体的な苦痛ではない。ただ、自分で自分の足下に罠《わな》を置いたと気づいた。

（予想、していたら？）

彼はどうするだろう。予防線を張っているだろうか。追い返すため、邪魔されないために？

「そうだとしても——」

エドのしたり顔は、なんとも腹立たしいものだった。

明らかになんの感傷もなく、こともなげに彼はただこうつぶやいた。

「追加の害はない」

すぐに発つというのは無論、すぐにということだ。

荷物をまとめて、捨てられた家を出る。再び無人になった建物を見返すこともなくアーバンラマへの道を目指す。また無言の旅かとクリーオウが思っていると、エドが突然口を開いた。

「問題は、計画の実行日が俺の予想より早かったことだ」

もともと歩くのが速い彼だが、確かにとりわけ急いでいるようではある——クリーオウは問いかけた。

「いつ？」

「四日後だ」

「四日……」

絶句する。地図を思い浮かべても、移動に要する距離というのはなかなか見当のつかないものだが、少なくとも余裕がないことは想像できた。

「アーバンラマに着くまで——」

「丸一日というところだな」

「すぐ入れるの？」

「手はず通りだとしても一日はかかるだろう」

淡々と答える彼に、クリーオウは八つ当たりと認めつつも、つい口を尖らせた。

「予想より早かったって、どれくらいを予想してたの」

「実行にこぎ着けることは永遠にないと思っていた」

「…………」

あとはまた元通り、無言の旅に戻った。

その日の暮れ方に、道ですれ違うようにして、ひとりの農夫と会った。

エドとその男は互いに無愛想に一言二言話して、農夫からエドに、ひとつの包みが手渡された。古びた革でくるまれた、そう大きくない荷物だ。エドはその場で包みを開け、中身の半分をクリーオウに押しつけた。

(手紙)

封蝋《ふうろう》は破られている。宛名は見覚えがなかったが、貴族らしい名前だった。サイフェーシア・エインズハンボット。差出人はベン・エバンズ法律事務所。

中をのぞく。王都の貴族、エインズハンボットは今回の戦争で資産を失い破産寸前であり、アーバンラマのとある工場が残された唯一の資産であるらしい。問題は、アーバンラマが門を閉ざしたことでそれが実質差し押さえられてしまっていることだ。アーバンラマ市に申し立てをして所有権を主張できれば、銀行から融資を受けられる可能性が……云々《うんぬん》。

「これでアーバンラマに入れるの?」

疑わしげに訊くと、エドは即座に首を振った。

「いや。無理だから、俺たちは不法侵入をする。それは捕まった際の保険だ。留置場から抜け出すのはわけないが、取り調べに余計な時間をかけられたくない」

「子供騙しじゃない？」

「その手紙自体は本物だ。アーバンラマにいるベン・エバンズの親類に照会させれば証言させられる」

クリーオウは目をぱちくりした。

「じゃあ、このサイフェーシア……ええと、エインズハンボット？　って人、すごく困ってるんじゃないの」

「本物のサイフェーシアは半年前に病没している。が、閉鎖しているアーバンラマにその情報はない。俺は護衛役だ」

包みに入っていた残りもやはりすべて書類で、工場の権利書その他というところだ。こちらは偽造らしい。

手紙を眺めつつ、クリーオウはつぶやいた。

「わたしが考えてること、分かる？」

言ってから、いま話している相手にはこんな話は最も向かないと気づくのだが、だからといって他に話し相手がいるわけでもない。さほど興味もなさそうなエドに、クリーオウは続けた。

「わたしはあの人の友達です、会わせてくださいって門番に言うほうが手っ取り早いんじゃないかって」

「その案は俺も考えた」

エドの返答は意外だった。クリーオウが顔をしかめていると、彼は繰り返した。

「逃げずに決着をつけろと言えば、奴は来るかもしれない」

では恐らく、そうしない理由は自分と似たようなものなのだろう。

クリーオウはそんなことを胸中でつぶやいて、手紙を荷物に入れた。

夜通しの旅も、荒野でなく街道ならばそう危険でもない。歩き続けて、予告通りアーバンラマを見たのは一日後だった。

(変な感じ……)

都市の影を見上げて、思い出す。以前同じ場所から同じ影を見上げた時には、違う連れといっしょだった。その中には、今の連れの妻も含まれていた。彼女は当時、いなくなった夫を追っていた——復讐《ふくしゅう》のために。今、その男はここにいて、やはり雪辱を願っている。その標的はあの時には、クリーオウの側《そば》にいた。

まるで配役が順繰りに入れ替わる劇のようだ。演目だけが変わらない。自分の役もだ。いや……演目がすっかり変わっているのに、誰もそれに気づいていないだけか？

アーバンラマ市は頑丈な市壁で覆われている。街には灯が灯っていたが、その外は閑散としていた。

クリーオウは高くない空を見やった。夜明けだ。

当然くたくたに疲れている。それでも壁を見上げると空腹も忘れた。

（この向こうにいる）

頭の上のディープ・ドラゴンを撫でてから、クリーオウはエドを見やった。

「それで、どうするの？」

彼はこう答えた。

「港の側には壁がない」


何故ないのかといえば、必要がないからだ。道理で考えればそうなる。脇道からひょいと跨《また》いで入れるわけでもないし、一泳ぎで行けるわけでもない。

街から数キロ離れた沿岸の岩場に手こぎのボートが隠してあるのを見ても、もはやクリーオウは驚きもしなかった。まだ日は落ちていなかったが、太陽の位置はだいぶ水平線に近くなっている。

「夜のうちに港湾から街へ入る」

ボートにロープをかけて、隠し場所から引っぱり出しつつ、エドが予定を言ってくる。手伝いながらクリーオウは訊ねた。

「港には見張りがいるんでしょう?」

「当たり前だ。出航前で、準備作業も夜通し続いている」

漕《こ》ぎ手は交互に交代した。恐らく三十分ごとくらいだったのではないかと思うが、正確なところは分からない。暗い海の上を、遠くに見える港の灯を頼りに漕ぎ進んだ。

歩いている時と同じく、ほとんど会話らしい会話をすることもない。

幸い、月はそう明るくなかったものの、船に荷を積んでいるらしい港の灯りはかなり大きかった。大勢の人が作業をしているのだろう。離れた海上からではその喧噪も無音だが、灯りの揺らめきはそのまま人の動きを思わせる。

巨大な船の影が、港の大半を覆っているように見えた。

実際にはそこまで大きくはなかったろう——船が落とす影のおかげで、実際の大きさの数倍に見えている。波間に漂うボートから、クリーオウはじっと見入った。ただの船ではない。キエサルヒマ大陸を去る船だ。

(何人くらいが乗るんだろう)

具体的な数字は、エドの手に入れた書類のどこかに書いてあったかもしれない。

なかったかもしれない。もともと数千ページはあっただろう計画書のほんの梗概であるし、彼があえて必要とするような情報でもない。

近づくにつれて影の形もはっきりして、船の大きさはむしろ遠ざかったようにも思えた。漕ぎ手はエドで、光を避けて慎重にゆっくりと回り込んでいる。おかげで作業の様子を一回り見ることができた。

クリーオウはとりわけ船を見上げていたが、甲板から梯子《はしご》を下ろして、船体横に作った足場に人が取り付いていることに気がついた。

見張りかと思って警戒するものの、そうではないらしい。作業をしている。船体に向き合って、海には背を向けていた。クリーオウはじっと目を凝らして、その男がなにをしているのか見て取った。

（……船名を書き換えてる？）

ペンキを塗り直しているらしい。昨日今日造ったばかりの船というわけでもないだろうに、今さらやるようなことなのだろうかと奇妙に思う。が、それをしていた。

波の音に混じって、作業者らの号令や歌声が聞こえる距離になってきた。

「頭を下げろ」

エドの囁きに従って、クリーオウは顔を引っ込めた。が、彼はまだ満足ではなかったらしい。

「布を被《かぶ》れ。お前の髪は目立つ」

クリーオウは無言で、言われた通りにした。

船の影に入り、桟橋の影に進む。

もうそう遠くはない。泳げば泳げる距離だろう。

暗がりに身を伏せて思索に沈む。

（どうする……？）

行動が取れる。

既にもう、アーバンラマには着いた。

封鎖も突破したと言える。

布の陰から、エドを見やった――彼はなんの表情も見せていないが、考えていないはずはない。

タイミングを測っているのは間違いない。偽の書類まで用意して、しばらく自分を同伴していくと匂わせていたが、まさかまったく信じるつもりはなかった。クリーオウがこの時点で裏切る可能性が高い――いや、裏切らないわけにいかないことを、分かっているはずだ。

ここまで彼を利用したが、あの人のところまで連れて行くわけにはいかない。可及的速やかに排除しなければ。

心を決める必要がある。

これからは、エドと敵対するしかない。

そしてこの男と敵対するからには――勝たなければ死ぬしかない。

波に揺れる狭い足場。エドは櫓《ろ》を漕いで、両手が塞がっており、すぐには行動できない。この場で騒ぎを起こせば、クリーオウは（運が良ければ）追い返されずに目的を達成できるかもしれないが、エドはそういかない。港湾には見張りがいて、警察か警備隊だっているだろう。

不利な条件はひとつだけだ。自分がこの男の目の前にいるということ。エドが自分の裏切りを予測していれば――していないはずがないが――なにか対策も用意しているかもしれない。

唾《つば》を呑んで、その音すらきっかけになるのではないかと背筋が凍る。

（どうする？）

自問を繰り返した。何度も。そして。

ゴツン。

鈍い音とともに、ボートに軽い衝撃が走る。夢から覚めるように、クリーオウは顔を上げた。見やると、ボートの先端が岸にぶつかって停《と》まったらしい。

真っ暗でなにも見えない。きらきらと輝く海面も遠くに見え、ことひとつながりの水の上であることすら否定しているようだった。エドはなにも言わず、手振りで示した。『上がれ』と。

クリーオウは荷物を手に取り、周囲を見回した。そこは桟橋の陰、ゴミ捨て場のようだった。発生するガスがゴミの山を踊らせて、カタカタと音を立てている。臭いもひどい――が、そのおかげで好んで近づく人間もいないだろう。

手がかりを見つけて、ボートから上がる。足場は悪いがなんとか登れそうだった。なにかの拍子で落とすのを避けるためディープ・ドラゴンは鞄の中だが、相変わらず大人しくしている。

先に登るため、背後にエドの気配を意識した。

今はどうか――今より好機はあるだろうか。一刻一刻過ぎるたび、それを考える。

やがてゴミの山を乗り越えて、爪先が石畳を踏んだ。

同時に、背後から肩を掴まれた。

（しまった！）

心臓が跳ねる。

先手を取られた。恐らく次の瞬間には自分は殺され、海にでも放り投げられているだろう。旅はここで終わりだ。まだ始まってもいないのに……

いや。

うっかり悲鳴でもあげていたら、本当にそうなったかもしれないが。クリーオウが身体を硬直させていると、エドが低く囁くのが耳に入った。

「こっちだ」

と、クリーオウが進もうとしていたのと反対方向を指さしている。

港から離れて、街中にということらしい。アーバンラマの地理はよく分からないが。進む。自然と、クリーオウがエドの後からついていく形に入れ替わった。

彼は自然と暗がりに溶け込んでいる。それでも見失うことはなかった。

真夜中はとうに過ぎて、やがて夜明けという時間帯だ。街にひとけは多くない。が、港湾に人が出ているせいもあってか、まったくないこともない。そのうちのいくらかは、警備隊か警察らしい制服を着ていた。

隠れ家のあてでもあるのか――エドの足取りには迷いがない。

（わたしはどうだろう）

不安とも違うが、ふと胸をよぎる。

彼の背中を観察しながら、周囲を警戒し過ぎて挙動不審かもしれない。気ばかりが焦るが、なにを待っているのか自分でも分からない。

(行動を起こすなら、とっくにやれば良かった)

考えれば考えるほど腑《ふ》に落ちない。渋々ではあったが、クリーオウは認めた――すっかり機を逸してしまった。

その時だった。

「おい、ちょっと」

声は、意識していなかった背後から聞こえてきた。一瞬、無視しようかと思うものの、エドが立ち止まったのでクリーオウも足を止めざるを得ない。ひやりとした悪寒には、ふたつかみっつの意味があった――単に誰何の声に対してと、エドがそれにどう対処するつもりでいるのか、そしてそれを止められるかどうかについて。

クリーオウはゆっくりと振り返り、声の主を見やった。後ろから、走ってはいないが歩くよりは速く近づいてくる。人影はふたり。制服を着ている。アーバンラマの市警官だろう。

そのうちの一方が手を挙げ、制止を示した。とうにクリーオウらは立ち止まっていたが、念押しということだろう。ふたりとも警棒に手をかけてはいないが、ことさら友好的な態度というわけでもない。

「こんな時間に、どこへ？　そっちは旧市街だ」

(旧市街？)

咄嗟に言い繕おうとしたものの、クリーオウはなにも言えないうちに口ごもった。警官は、旧市街に近寄ってならない当然の理由があるという口ぶりだ。が、それがなんなのか分からない。

もう一方の警官が、自分をじろじろ見ているのにも気づく。さすがに剣などは布でくるんで隠してあるが、そうでなくとも大きな鞄を持って、ちょっとした散歩という出《い》で立ちではない。あの空き家で多少は身繕いもできたので、露骨に長旅の末という格好でもないが、疑わしいには違いない――アーバンラマは一年近く封鎖され、旅行者などいないのだから。

(まずい……)

動揺を隠せている自信がない。なにより不安を掻き立てるのは、エドが黙っていることだった。取り繕うつもりがないのだとすると、彼が取りそうな行動はひとつだ。

深夜、どこにいてもおかしくなくて、若い女と剣呑《けんのん》な男のふたり連れで、警官と会って気まずくて、問答にならずさっさと退散できるには。どんな用事なら妥当なのか――

「ハッ!」

すべてを丸く収める言葉を探し当てて、クリーオウは警官に向かって盛大に言い放った。

「物欲しそうに見るんじゃねぇよ! 目当ては分かってんだ!」

警官の視線を払うように、腕を一振りする。

ふたりの顔に浮かぶのが、納得か疑念か――クリーオウは睨みつけるふりをして観察した。自分の言動が、彼らの予期している答えだったかどうか。それ次第で説得力は大きく変わる。

「でも今日のあがりなんてもう残っちゃねぇよ。てめぇら、自分の仲間に先を越されてんだ……」

やがて警官らがニヤリとするのを見て、クリーオウは内心で胸を撫で下ろした。

「じゃあ、一晩働いたあげくに素寒貧か。ついてなかったな」

「ケッ」

クリーオウは警官の足下に唾を吐いた――が、靴には当てなかった。怒らせてはまずい。

先に声をかけてきたほうが、嘲るように笑い声をあげる。

「なんなら、これから俺たちが客になってやろうか？　日銭がいるだろう」

「ざけんな！　やってられっか」

一蹴して背を向ける。十分に遠ざかったと思えるまで、大股で振り向かずに進んだ。

おかげで確認もしなかったが、エドは黙ってついてきていたようだ。通りを曲がって、クリーオウが気を抜くのを見計らってか、こんなことをつぶやいてみせた。

「エインズハンボットよりは上手い言い訳だ」

「冗談でしょ。しつこくつきまとわれたらどうしようってヒヤヒヤ」

ちらと横目で、エドを見上げる。

「身を隠せる場所はあるの？」

「手配してある」

「どうやって？」

答えてもらえるとは思っていなかったが、一応クリーオウは訊ねてみた。

エドは存外あっさりとつぶやいた。

「この街にも、開拓事業に反対している者はいる」

「……そりゃそうか」

それ以上返す言葉もなく、クリーオウは身を起こした。

隠れ家は、古いアパートの一室だった。

他に住人はいないらしい。壁には蔦《つた》が這い、汚れ、傾きかけた建物だ。その二階へと上がる。汚れてはいても、構造はまだしっかりしていた。階段も崩れていない。

「廃屋なんかに住み着いたら、かえって噂になるんじゃない？」

一番マシそうな――大差はないが――部屋を選んで、その入り口でクリーオウが問うと、エドは首を振ることもなく、ただ静かに否定した。

「夜になるまで、数時間身体を休めるだけだ」

「今夜、仕事にかかるっていうこと？」

エドは答えてこなかった――その理由は、クリーオウにも分かった。答えるまでもないからだ。

会話が途切れたまま、クリーオウは部屋の奥に荷物を下ろした。鞄の蓋を開けてディープ・ドラゴンの顔を見る。ドラゴンは眠ったままだ。クッションと毛布で寝床を整えて、ディープ・ドラゴンをその上に乗せる。

室内にはなにもない。郊外の空き家よりも人が出入りするのか、ちらほらとゴミで散らかってはいる。

そろそろ夜明けだが、建物は雑木林の中にあって、日当たりが悪い。それでも空は明るくなり始めていた。

クリーオウは何度か、ディープ・ドラゴンの背を撫でた。一年間、もう何度となく繰り返してきた動作だ。ドラゴンは一度も目を開けなかった。理由は分からない。理由などなく、そういうものなのかもしれない――もう滅んだはずだという、エドの言葉を思い出しながら、クリーオウは溜息をついた。目を覚まさないことのほうが正しいのかもしれない。そうでないと、誰に言える？

（これからわたしがやることも）

同じことか。それとも逆のことか。

立ち上がると、クリーオウは荷物から剣を引っぱり出した。鞘から抜く。急ぎはしなかった。不意を突こうなどとしても無駄だろう。

振り向いて切っ先を向けると、エドは部屋の入り口に立っていた。なにをしているでもなく、こちらを見て突っ立っている。

彼の目を見据えて、クリーオウは告げた。

「ここからは、あなたと敵対する」

「ならば、警官をまく前にそうするべきだったな」

エドは別段驚きもせずそう言った。彼も剣を見るのではなく、こちらの目を見ている。目を逸らさない範囲で、クリーオウは首を振った。

「前もって言えてたら、そうした」

「不意に裏切るのは気が咎めたということか？」

「ええ」

「どうして」

「そんなの、わたしの勝手でしょう」

やや捨て鉢にクリーオウが言い放つと、エドは、きょとんと納得してみせた。

「まあ、確かに」

そして同様のなにげなさで、こう言い加える。

「言っておくが、俺はお前を殺すのには気が咎めない」

「分かってる」

それくらいは仕方ない――他人と敵対するというのはそういうことだ。それでもなお敵対するかを考え、そうするのかどうかだ。

（ここで敵対できないのなら……）

あの人に会っても、なにも言えない。

なにも言えないのなら、なにも始まらない。

なにも始められないならば進むこともできない――そのために乗り越えないとならない相手がこの男だというのは、出来すぎなほどに思えた。まさにエド・サンクタムは進まないいいものの代表だ。

クリーオウは言葉を発しようとして、そのまま声に出さず息を吐いた。もう言葉には意味がない。空気の変化は確かめるまでもないものだった。エドの体勢は変わっていない。それは自分も同じだが、既に引き返せないところに踏み込んでいる。

まっとうにやったところで敵わない。

こんな時のため、レティシャに仕込まれた奇策がある。

迷えば迷うほど悟られるだろう。クリーオウは即座に実行した。

気勢とともに踏み込む――ふりをして、手から剣を落とす。

その剣が床に落ちる前に、右足で柄を蹴り上げた。

剣先は、真下から衝き上げる形で顎の下を狙う。狙いさえ正確なら防御は難しく、避けるには身体を左右か後方に逃すしかない。外れた場合には、蹴り上げた剣をそのまま再度、手につかみ取って追撃を……

クリーオウが剣の柄を掴んだ時、エドの姿は視界のどこにもなかった。

（………!?）

全身が戦《おのの》く。狭い室内だ。どれだけ反応が素早くとも、逃げられる範囲には限度があると踏んでいた。

だがエドはどこにもいない。

（駄目か……）

なにもない視界を黒いものが覆った。

それがエドの拳だということは、不思議とすぐに理解できた。

次の瞬間には、拳の影よりももっと黒く、暗く、大きな闇が、すべてを包み込んだ。

◆◇◆◇◆

夜道を外れて、空き地に入っていく。空き地といっても瓦礫の集積場になっており、見通しは悪い。

旧市街でも復旧の遅れているこの界隈には、人の気配は感じられない。そうでなくとも夜間の旧市街を出歩く者はそう多くないが――ここは難民居住区からも離れており、なおさらだ。

明日の出航に備えて、港湾は連日、不眠不休の作業が続いているはずだ。キムラック難民らも慌ただしくしていることだろう。それらの手配は、もはや自分の仕事ではない。オーフェンは瓦礫の間から星空を見上げた。腰に手を当て、深呼吸する。

「ここから見上げる、最後の空かな」

つぶやいた。独り言ではない。

背後の物陰から、音を立てずに現れた人影に対して言ったものだ。

その男は感情を交えずにこう聞き返してきた。

「それは、今夜死ぬと考えているからか？」

「どうかな。まあ、それでも最後になるには違いないか」

オーフェンは苦笑して、後方に向き直った。

（さて、こいつは……誰だ？）

かつての教室の仲間と言えるだろうか。

貴族連盟の殺し屋は既に拳銃をこちらに向けており、引き金を四度絞った。

銃声のたびに横に一歩ずつ。急ぐ必要もなくかわす。五歩目を踏み出す必要はなかった。弾が尽きたのか、殺し屋は拳銃をその場に放り捨てた。

ほかになにか武器でも持ってきているだろうか。オーフェンは待ったが、殺し屋は無手のまま、拳も作らずに指先をこちらに向けた。目を細める。彼が魔術の構成を編もうとしているのはすぐに察した——その構成が、まったく意味をなさない、でたらめなものであっても。

殺し屋は諦めて、腕を下ろした。つぶやく。

「あの日以来、俺は魔術を失った」

「そうか」

「お前が奪ったからだ」

「それは、違うな」

オーフェンが告げると同時、殺し屋が飛び出した。

速度はかつて見知ったものと遜色ない——魔術を失い、恐らくは体調も万全ではなかったろうが、殺人に関する技能はまったく変わっていないというのも皮肉な話だ。

真っ直ぐに突進してくるようで、右にずれている。体勢からそう見せかけて、恐らく最後の一歩では左側の死角に入り込んでいるだろう。相手のフェイントに逆らわず、オーフェンは敵の姿を目で追うのをやめた。目を閉じていたとしても同じだったろう。その場からの離脱も最小限に、半歩にも満たない動作で身体を捻る。

見えない位置から突き込まれてきた拳は、左手で受け流した。一瞬遅れて耳を狙ってきた指先は首を反らしてかわす。体勢を崩していれば、続けて放たれた蹴りに足首を払われ、転倒していただろう。が、オーフェンは留《とど》まることなく足の裏でそれを受け止め、逆に蹴り押した。

敵の動きが僅かに澱《よど》むのを、気配というよりは道理で察する。

即座に反撃に転じた。一瞬で身体を震わせ、地面を蹴る。その反動を拳に乗せて、真っ直ぐに敵の身体の中央へと注ぎ込む――拳の先端は空を切った。

いるべき場所に、敵の姿はなかった。

(二手目か三手目か……そのあたりで読み違えたな)

無視するつもりでいたにもかかわらず、フェイントにかかっていた。殺し屋は既に後方に飛び退《の》き、じっとこちらを見据えている。

オーフェンは体勢を直しながら、相手と同じようには見つめ返せずにいた。左目が開いていない。痛みは大したことがなかったが、まぶたが動かなかった。手をやると、ちょうど眼球からずれたあたりに針が刺さっている。針は簡単に抜き取れたが、目は開かなかった。

(含み針か)

最後に吹きつけていったのだろう。口に含んでいたのだから劇薬ということはないだろうが、まぶたが動かない。魔術で回復させることは難しくないだろうが、特殊な毒であれば分からない。

狭まった視界で、殺し屋が再び動き出す。今度は正真正銘、真正面からだ。大きな動作で腕ごと叩きつけてくるような、そんな拳を放つ。

右か左か後方か——本能が選び取った選択肢は、前進だった。打点から体《たい》をずらして回り込むと、拳、肘、肩、敵の身体と順番にすれ違う。入れ替わる寸前に手刀を放ったが、それはかわされた。

逆に、左肘に痺《しび》れが走る。

舌打ちして、オーフェンは腕を引っ込めた——ほんの一瞬だが関節を取られた。ダメージを負うほどではないが数秒は動かないままだろう。敵の意図が知れる。一撃必殺の撃ち合いでは相打ちになりかねないと見て、末端からじわじわと攻め、こちらの機能を狭めていくつもりだ。

稼いだ何秒かを、敵が見過ごすつもりでないのは当然だった。すれ違う一瞬から身体を反転させ、追撃を仕掛けてくる。左目は塞がれ、左腕が麻痺《まひ》している。狙いが重なったのは偶然ではないだろう。最初からこのプランを狙っていたはずだ。

脇腹の急所への一撃は、腕を払ってなんとか防いだ。頭突きは防がずに、あえて上腕で受け止めた。

本命はそこではなかった。左の足首に、火薬でも炸裂《さくれつ》するような衝撃が走った。実際、爆弾でも踏めばこんな感覚なのではないかと思える——が、威力は上側から加わっていた。踏み抜かれたのだ。

今度は舌打ちどころでは済まず、転がるようにして退避する。倒れて起きあがれるかどうか、不安が胸をよぎったが、体勢を立て直してからまだ足が胴体に繋がっているのを見て安堵した。それほどの威力ではあった。

なんにしろ挫傷は間違いない。左腕は回復しつつあったが、代わりに足の自由を持っていかれた。

相手のとどめを警戒して、オーフェンは中腰のまま身構えた——が。

殺し屋は動いていなかった。数歩の距離からこちらを見下ろし、声をあげた。

「あの時……」

ごく単純な怒りに打ち震えて、彼は声を荒らげた。

「やれば、俺が勝った！　俺は超人となり、この世界を救った」

「だからあの場にいた誰ひとりとして、俺たちを戦わせなかった」

オーフェンは告げたが、彼は一笑に付す。

「ロッテーシャの、短慮な裏切りに過ぎん」

「それが悔しいか？」

「なんだと？」

うめく男に、オーフェンは囁いた。

「一番止められたくない相手に止められたのが」

殺し屋の怒声が魔術の攻撃であったかのように――オーフェンは片足で立ち上がり、後方に跳躍した。幸いにも転倒はせず踏みとどまり、また敵の追撃もその時にはなかった。

距離を開けて対峙する。

「あの時……」

オーフェンは口にしてから、それが相手の言葉のおうむ返しだと気づいた。

が、言い直しもしなかった。

「アザリーが俺に言ったのは、どちらかを選べということだった」

「超人として戦い続けるか、逃げるかということだ。お前は――」

「いや、違うな。超人として逃げ続けるか、戦うかということをだ」

「詭弁《きべん》だ」

「どうかな〝サンクタム〟」

これが別離だ。

「それが、俺を殺すためのお前の名前か。サンクタム」

この男とだけではない。もっと多くの者との別離になる。

ゆっくりと、オーフェンはそれを口にした。刻み込む。この最後の夜に言い残すにはちょうどいい。

「多分こう思っていたのは俺だけだったろうが——あの時も、勝つのは俺だったよ。あの時だったら、俺は、お前を殺していただろうな」

サンクタムが両腕を広げ、躍りかかってくるのを見ていた。

怒りに我を忘れていようと、殺し屋の動きに隙はない。自身の制御も計算も必要としないほど練り込まれた、徹底した殺人技術だ。

オーフェンは無事な右足に体重を乗せ、待ち受けた。左腕を前に、右肩を後ろに。

左手はただ突き出しているわけではなく、突進してくるサンクタムの身体を掴もうと牽制《けんせい》している。が、指先が敵に触れるよりも先に腕ごと打ち払われた。サンクタムの動きは最大限の予想をも上回って素速い。

が、オーフェンはそもそも予測を捨てていた——どうでもいいことだ。考えていたことはひとつ。今、腕の内側に敵がいる。

己の身の丈で責任を果たす。手の届かないところを、手の届かないまま怒るのではなく。それだけだ。

見ていたわけではないが、サンクタムの歓喜は感じ取っていた。敵は勝利を確信している。最も致命的な箇所に、最短で爪を突き立てようとしている。

（どこまで無視できるか）

冷たい心地で、オーフェンは囁いた。一瞬でも遅いほうが死ぬ。

自分を殺す致命の一撃が迫り来るのをきっぱりと無視して、自分の作業にだけ没頭する。サンクタムがどの急所を狙ってきているか。どれだけの苦痛か、衝撃か。自分が死ぬのはあと何秒後か。

すべて忘れて、サンクタムの胴体に右拳を添える。心臓の上。

無心で殺人打法を重ねる。

同時に吹き飛ばされた。

恐らく、互いにまったく同じことをした——寸打による心臓打ち。オーフェンは地面に転がって、その衝撃が体内で暴れ回るのを味わった。熱い。視界が白黒に瞬いて、呼吸をするどころか、息を止めることすらできないような苦痛。

意識が遠のいても、地面から逃げ出せない。どれほどのたうっていたか、オーフェンはようやく一息、肺に空気を入れた。

たちまち後悔した。意識が回復すると、激痛がまだ去っていないのが分かるだけだ。それでも息を呑み、唾を吐き捨て、毒づきながらオーフェンは身体を起こした。足も手も、身体を支えるすべてが覚束ない。が、なんとか重力に逆らって頭を上げる。

見るとサンクタムが倒れていた。目を見開いて、やはり苦悶に喘いでいる。身動きできない殺し屋を後目《しりめ》に、オーフェンは立ち上がった。手近な瓦礫に手を突いて、転ぶのを防ぐ。

めまいを抑えて、オーフェンはつぶやいた。

「どれだけ自信のある一撃だろうと、相打ちじゃあ、完全には決まらない。だが、しばらくは動けないだろう。一日か、二日か──まあお前の好きにしろ」

「同時……だったはず」

ヒューヒューと隙間風を思わせる吐息の合間に、途切れ途切れだがサンクタムが言葉を挟もうとする。

「どうしてお前は──」

「どうして俺だけ動けるのかってことか？　こんなことでお前は満足なんだろう。だが、俺は行かないとならない」

口の中の苦味――アドレナリンか、もっと違うものか――を噛み締めて、オーフェンはかぶりを振った。

「たったそれだけのことなんだ。本当だよ、コルゴン……」

そしてあとは振り返らず、その場を立ち去った。

◆◇◆◇◆

「まっ――たく――もう！」

きつく縛り上げられた手足を引っぱり、うめいて、息を継ぐ。

何百回繰り返したやらもはや分からないが、クリーオウはなおもそれを続けていた。

疲れ果てて、一度眠ってしまった――と思う――ため、時間の感覚も見失っていたが、窓の外は明るい。

日の高さから、恐らく昼前くらいではないか。

問題は、何日目の昼前なのかということだが。自分の衰弱具合から察して、まだ一日以上は経っていないとクリーオウは考えていたし、そう願った――過ぎていたらアウトだ。船が出てしまっていたら。

「だいたい、何時に出航なのよ！」

声をあげたところで廃屋には誰もいないのは分かっている。さんざん叫んで助けを呼んだあげくに、理解するしかなかった。少し離れたところで眠っているディープ・ドラゴンも、まったく変わらず眠っているままだ。

ずきずきとまだ打撲に痛む顔面を床に押しつけ、クリーオウはいったん力を蓄えるため、小休止することにした。

無理な体勢で蹲《うずくま》り、痺れた四肢を少しでも楽にしようと転がるのだが、どこをどうしようと必ず身体の下敷きになる箇所がある。わざわざそういう具合に縛っていったのだろうかと疑いたくもなる。苛々と、クリーオウは思い浮かべた——昨夜のことだ。恐らく昨夜だったと思う。

殴られて意識を失い、目が覚めた時にはもうこの状態で、夜になっていた。ちょうど、エドがこの部屋から出て行こうとしていた時だった。

クリーオウはすっかり混乱していた。そもそもが、大きな疑問から解決しなければならなかった。

「わたし、死んでない……なんで？」

信じられない思いで、うめく。殴られた箇所はひどい痛みだったたし、拘束されて身動きが取れなかったが、死んでもいない。

エドが出て行こうとしているのを見て、クリーオウはさらに声をあげた。

「待って！　どこに行くの」

彼は足を止め、半分だけ振り向いた。

「決着に」

そして、付け加える。

「終わったら、戻ってきてやってもいい」

「……どう言って欲しいのよ、そんなの」

皮肉で言っているつもりもないのだろうから、なおさらだった。

立ち塞がるどころか起き上がるのすら無理だ。呼び止めて時間を稼ぐわけでもなかったが、クリーオウは無視された疑問をまた口にした。

「どうして、わたし、死んでないの」

「俺の勝手だと言いたいところだが」

つまらなそうにエドはつぶやき、そして、完全に向き直って言い直した。

「どうしてこの一年、キリランシェロの殺害を待っていたのかと言っていたな。それと同じ。敬意だ」

「敬意……？」

「俺にとって、致命的に俺の予測を裏切ったのはふたりだけだ。キリランシェロと、ロッテーシャ。お前は三人目だ。いや、お前の場合、致命的とは……違うが。裏切ると確信していたところで裏切らなかった」

彼は滔々と、よどみなく語ってみせた。表情には疑念ひとつない。嘘はないのだろう——少なくとも、意図的な嘘は。

きっと、答えるつもりで用意していた答えなのだろう。質問されることを見越して。

だが、だからこそクリーオウは床から見上げて、彼の嘘を見抜いていた。

「それは敬意じゃない。恐怖よ」

悲しい思いで、告げる。

「あなたは負ける。戻ってこれない」

だから——

(自力で解いて抜け出さなくちゃ)

うんざりしながらも、クリーオウは足掻《あが》きを再開した。

(ここまで来て、こんな終わり方なんて……)

冗談にもならない。

後ろ手に縛られているため、どんなもので縛られているのか分からないが、一日中引っ張っても捻っても緩もうとしない。足を縛っているのは汚れた革紐だ。適当にどこかの家具から引きはがして調達したのだろう。

どうせ身動きも取れないのだが、多少動けたとしても、部屋の中に使えそうな道具もない。ご丁寧に、剣もどこかに捨てられてしまったようだ。

(どうにか……どうにか)

切り抜けなければ。

(なにができる?)

気が急《せ》く中、考えを巡らせる。

起き上がりさえできれば、窓から飛び降りられるかもしれない。外は森の中で、人がいないことは変わりないものの、ここにいるよりは通行人に気づいてもらえる可能性が高い。

あるいは、手首でも折れば抜けられるんだろうか。後ろ手に縛られた状態で、自分の腕を折るほど力を入れられればの話だが。

と。

突然、ファンファーレが鳴り響くのを聞いた。

近くではない。遠い。市内のどこかだろうが。続いて楽隊の演奏が始まる。陽気な曲だが、クリーオウは安堵と戦慄を同時に味わった。どう考えても時報や定例のものではない。パレードか、式典か。

市長の誕生日かなにかだと思うほど呑気にはなれなかった。安堵は無論、式典は開拓団の出発を祝うためのもので、それは——確信はないが——計画とあの人の無事を示している。戦慄は言うまでもない。式典が、船を見送るためのものだからだ。

(急いで……)

しゃにむに力を込める。それこそ本当に腕でも折れないかと。だが関節すら抜けそうにない。

「どうして——」

無謀をする腕力が足りないことか、縄抜けをする器用さが足りないことか、あるいはなんでもいいから都合の良い奇跡が足りないことか。次々と呪ってから、クリーオウは床に額を打ち付けた。なんの役にも立たないが、二度、三度とぶつけて叫ぶ。

「どうにか……!」

打撲の上に自分で頭突きをしているのだから、痛みはとうに限度を超えていた。だが焦燥が体温と動悸を上げて、苦痛を物ともしない。むしろ痺れるような痛みがあって、ようやく理性をつなぎ止めた。

打ち付けるたび、頭に閃《ひらめ》く。

叫んでも無意味だ――

既にもう遅い――

拘束から抜け出したとして、港まで間に合うか――

どのみち、どうするつもりか――

船に乗りたいのか？

ぴたりと、動きを止める。

はたと思いついた。一番肝心なことを考えていなかった。船は大陸を出るのだ。

（あの人に会おうとは思っていたけれど……）

俯《うつぶ》せに転がったまま、クリーオウは目をぱちくりした。面食らったような心地だった。

（ついていくの？　いっしょに）

なんとはなしに、首を逸らす。

視線を上げた先に、ディープ・ドラゴンの寝床があった。

黒い獣は同じ体勢で眠っている。自分の頭の外にある出来事など気づいてもいないように。一年が経って、少しずつ身体は大きくなっているとしても。

「そうか」

クリーオウはつぶやいて、口の端に苦い塩味を感じた——自覚せず、痛みのせいで泣いていたらしい。

「準備ができてるかどうか、分からなかったのは、これだったんだ」

これが分からないままなら、どんなつもりでいようと、自分はこのディープ・ドラゴンの状態と変わらない。

喉元に刃物でも突き付けられたように、動けなくなる。実際に身動きが取れず、助けも期待できず、足掻くための動機すら実は曖昧だった。時間もない。じわじわと思い出す、重苦しいさむけがある。

いや。

（ここで諦めたら、それこそ前と変わらないじゃんか……）

図らずも、あの時と同じ街だ。

いくら頭で考えたって駄目だ——どうせ答えなんて出やしない。考えるふりをするのはエドの詭弁と同じだ。まずは認めなければ進めない。

（分からないんじゃない。怖いんだ）

拒絶が怖いだけだ。

会おうとすれば拒絶されるかもしれないから。
「そうか……」
また繰り返して、目を見開く。
ドラゴンは眠り続けている。
一年間、ずっと一緒にいた。しかし、一度も試さなかったことがあった。
それをするべきだと、考えれば分かるはずだった——が、怖くてできなかったのだ。
「起きて」
震える声で、クリーオウはつぶやいた。
「目を開けて」
ディープ・ドラゴンに反応はない。
まだ足りないのだ。クリーオウは胸中でつぶやいた。
（なんて呼べばいい……？）
だが考えるまでもない話だった。
〝好きにすりゃあいいだろ。誰に決めろってんだよ〟
憮然《ぶぜん》とした黒魔術士の声で、脳裏に答えるものがある。
そうか。

呼びたいように呼びかければ良かった――呼ばれるのを待っている相手には、そうするべきだった。

呼べば良かった。

「レキ」

口に出すだけならただそれだけの言葉だが、その感触は心臓を跳びはねさせた。

ディープ・ドラゴンの耳がぴくりと動くのを見て、クリーオウはもう一度囁いた。

「レキ……起きて。わたしの声を聞いて」

黒い獣が頭を上げる。

ゆっくりと――と感じるほどゆっくりとではなかっただろうが、その目が開く。黒い瞳が光に触れて、何度か瞬きしてみせた。

やがて獣はクリーオウの姿を見つけた。手脚を伸ばして立ち上がる。

嗚咽《おえつ》しそうになる感情を抑えて、クリーオウは続けた。

「行こう、わたしと……手伝って欲しいの」

その言葉が引き起こしたことは、さすがにクリーオウにも予想外だった。

最初、レキが近づいてきたのかと思った――が、そうではない。だが視界に占める黒い部分が急速に大きくなったのは間違いなかった。

「そ」

クリーオウは絶句した。言葉にはならなかったが、言いたかったのはこれだった。

……そういうもんなの？

廊下を通れそうにないレキがどうするのか、クリーオウは一瞬考え込んだが、答えを出すより先に当人が頭を上げると壁と天井をぶち破った。革紐を噛み切ってもらい、ようやく脱した縛《いまし》めの痕をさすりながら、クリーオウも後に続く。

馬か牛ほどの大きさになったレキが、屋根の上で待っていた。頭を下げたその姿勢がなにを促しているのかは、なんとなく理解できた。

「えーと」

黒い毛並みの背にまたがって、首のあたりに手を添える。

「掴んでも痛くない？」

クリーオウが訊くより先にレキが跳躍したため、否応《いやおう》もなく毛を掴むしかなかった。

「うわあああああ！」

悲鳴か歓声か自分でも分からなかったが、そんなことは余所《よそ》において、レキはアーバンラマの街並みを飛ぶように駆け抜けていく——屋根から屋根へ、軽やかに。かなりの速度だ。向かう先には海が見えた。

楽隊の演奏はもう聞こえなかった。だが港に向かうにつれ、人出がはっきりしてくる。港湾には市民が詰めかけ、ちょっとした祭りになっているようだ。出店や、パレードの列もある。何人かが、空を跳ねる巨大な獣を見つけて、指さしていた。

そして船は。

港で最も巨大な建造物だ。見失うことはない。船はもう桟橋を離れ、海上にあった。まだ遠くはない。甲板に立ち並んだ人々が、見送りの市民と手を振り合っている。

（まだだ……）

追いつく。クリーオウは歯を食いしばって、レキの身体にしがみついた。

レキが桟橋に降り立つと、集まった人々が騒然とした。悲鳴をあげる者もいる。だがクリーオウは周りに構わず、船の上を見やった。簡単に顔の判別がつく距離でもないが。そこに会いたい人の姿があることを、クリーオウは疑わなかった。

エピローグ

船が港を離れることについて、格別なものはなにもない。

結局のところ、それはタイミングに過ぎないからだ――開拓計画を実行にこぎ着けるまでは数か月を要し、それすら常軌を逸する急ピッチで、その間は終わらない夢でも見ているようだった。船出そのものは、その年月に比べれば余録のようなものだ。これまでの準備期間と、そして、これから開拓に費やす数年間に比べれば。

セレモニー、きっかけ、記念日、まあその程度のものだ。甲板の手すりに身を寄せて、桟橋に集まった人々と離れゆくのを実感しながらも、どこか他人事のような寂しさは感じずにいられない。

離岸してまだ数分。今のところ航海は順調だ――と、オーフェンはつい皮肉げに物思った。嵐や、得体の知れない大怪物や、逃げ場のない船上の疫病にも見舞われず、少なくともあと数分は順調なままでいられそうである。

見えない場所に新たに記された船名もまた、皮肉に捉えようと思えばそうできる。開拓船スクルド号。

この大陸からは断絶していた未来への船。外界への船出だ。

甲板の上は興奮した開拓民でひしめき、最後に見る大陸の姿を目に焼き付けようとしている。最後だけではない――ほとんどの者にとって、海上に遠ざかる大陸というのは初めて目にするものでもある。

人出で賑《にぎ》わう中、オーフェンは、背後から男がひとり近づいてくるのを察していた。嘆息する。

「なんでお前が船長なんだ」

「顔を見るたびにおっしゃいますな」

「見てない時も言ってるが」

振り向いて、それを見やる。

いかにも船長らしい――と言うべきなのかどうか――海賊衣装に、肩にオウムまで乗せている銀髪の男は、オーフェンと同じ手すりからニュッと首を伸ばして、船体の側面を見下ろした。不満らしくつぶやく。

「船長に無断で船名を変えるのはいかがなものかと思いますな」

「拠り所がいるんだとさ。オーナーの承諾済みなんだから文句もないだろ」

「わたしの中では九分九厘、漂流窒息丸で決まっていたのですが……」

　オーフェンは半眼で睨みやった。

「だからなんでお前が船長なんだ」

「黒魔術士殿の魔王に比べれば、さほど奇天烈《きてれつ》ではありますまい？　閉じこめられていなければ、すべては変わるべき時に変わる。それだけのことです」

「……まあ、そうか」

　納得はする。コンスタンスの警備主任に、開拓民の指導者になったサルア、他にも諸々《もろもろ》──なにがおかしてくなにがまともなのか、考えるだけ無意味だ。

　肩を竦めて、オーフェンはうめいた。

「目が回るみたいだったよ。ここ半年は特に。なにやってんだか自分でもよく分からなかったが、周りの風景が変わるのだけはよく分かった」

「良い風景でしたかな？」

　意外といえば意外だったが、キースははぐらかすことも、曲解することもなく訊ねてきた。オーフェンはとりあえず、思い浮かんだままを口にした。

「どうかな。そんな大袈裟《おおげさ》なものでもねぇよ──後で考えるんで十分だ。まあ、ようやく人心地ついたんだ。航海は平穏無事、せめて三日くらいは予想外の事態は遠慮したいね」

キースがわずかに目を逸らすのが見えた。

「そういうわけにもいかないようですな」

それだけ言って、去っていく。

「？」

怪訝に思っていると、ざわめきが耳に入ってくる。

もともと開拓民は出航に興奮していたが、その騒ぎの中で、誰かの叫び声がはっきりと響いた。

「なんだあれは！」

オーフェンは咄嗟に身構えた——得体の知れない大怪物を、本当に警戒していたわけではないが。それがないとも言えない未知の航海だ。

だが奇妙なことに、叫びを発した開拓民は船の行く手ではなく、港のほうを指さしている。オーフェンもそちらを見やった。

ちょうど桟橋から、黒い巨大な獣と、その上にまたがった誰かが海に向かって飛び込んだところだった。

無論、式典にそんな段取りはない。だが緊急事態に号令をかけようとしているメッチエンの姿を見つけて、オーフェンは制止した。

「待て!」

ざわっと、船上の全員がこちらを向く。

オーフェンは改めて制止した。

「……大丈夫だ」

黒い獣は、背中に乗せた少女ごと、しばらくは海に潜っていた――浮上してくる頃には、岸からかなり離れている。一直線に船に向かっていた。かなりの速度だ。見る見るうちに追いついてくる。

間近になったところで、ディープ・ドラゴンは海面から跳び上がった。後甲板、騒ぎに集まった連中のただ中に、音もなく飛び降りる。べちゃりと物音を立てたのは、勢いあまって転がり落ちた獣の乗員のほうだ。

彼女は少しも休まなかった。海水を飲んだのか咳き込みながらもずぶ濡れで起き上がり、声を張り上げた。

「オーフェン!」

「来たか」

苦笑して、つぶやく。

彼女は髪を切り、多少見た目も変わっていたが、それでも一年前を思わせる行動の速さで駆け寄ってきた。ふらふらで、なにをしようとしているのか、オーフェンはしばらく分からなかった——が、彼女が拳を振り上げるのを見て察した。

とはいえそこでまた激しく咳き込んで、うずくまってしまった。げほげほと身体を震わせる彼女を心配するように、ディープ・ドラゴンが黒い目を丸くして背中から見下ろしている。

オーフェンも彼女に近寄り、髪にからまった海草やらヒトデやらを取ってやった——海底まで潜ったんだろうか？　ともあれそうしているうちに、クリーオウはまた弱々しく拳を振り上げた。

「殴って——おけって。ティッシが。でも」

まだ力が入らないのか、腕を下げる。

「ちょっと……待ってて。少し——」

笑い出すのを我慢して、オーフェンは呆れ顔を作った。うめく。

「落ち着いてからにすりゃいいだろ。逃げ場もねぇし」

「勢いってもんが……あるでしょ。もういい」

諦めたのか、思う存分咳き込み始める。ぜいぜいと残った息で、こうぼやいた。

「殴ったことにしといて」

「分かったよ」

オーフェンは同意して、メッチェンに、問題はないと身振りで示した。メッチェンはクリーオウを見分けられなかったか、覚えていなかったようだが、開拓民に〝なんだか分からないが別に良いらしい〟と説明を始める。みんな、クリーオウにというよりはディープ・ドラゴンの姿に唖然《あぜん》としていたものの、ひとまず騒ぎは落ち着いたようだ。

キースの姿を探したが、どこにも見当たらない。なるほど、岸を離れたと思えば密航者、平穏無事にとはいかないらしい。

「ま、そうでもないかな」

なんとはなしにつぶやく。

「なにが？」

クリーオウがきょとんと声をあげた。

服を絞って海水を滴らせている彼女に、答える。

「このくらいのことは予想しててても良かったかもなってことだよ」

彼女はピンとこなかったようだが、オーフェンはさっきまでしていたように、手すりにもたれ掛かった。港のほうも今の騒ぎで混乱しているようだ。

「本当に予想外ってのは、例えば――」

と、目にしたもののおかげで、話そうとしていた続きが頭からすっぽり抜け落ちる。今度こそ呆気に取られて、オーフェンはぽかんとした。

「どうしたの？」

訊いてくるクリーオウに、指し示す。港だ。もうかなり距離は離れて、集まった人間の判別などつかないが。明らかに人間でないものなら分かる。小柄な体格に、毛皮のマント、古ぼけた大袈裟な武器まで担いだ――

地人がふたり、港の端から船を見送っていた。

「あいつら、ここまで見送りに来た……のか？」

まったく予想外だったが、彼らなりの理由で。

クリーオウも見つけたのだろう。やはり驚いたようだが、そう長くは驚いていなかった。隣でうなずく。

「そうかな。そうだね」

が、奇妙にも思ったようだ。顔をしかめて疑問を口にする。

「でも、どうやって？　街の門は――」

入れなかったはずだが。

オーフェンは、彼女の頭と、ついでにのぞきこんできたディープ・ドラゴンの鼻先を軽くたたいた。

「行きたい場所と、理由があれば、方法だってどこかにはあるさ」

そう信じたから旅立った。

「旅ってのはそんなもんだろ。そう思う」

その程度のことだ。

陸はなおも遠ざかっていく。人も、港も、建物もひとつの影になって、いつしか海の向こうに消えれば、新しい旅が始まる。

単行本あとがき

というわけで、あとがきです。

この『キエサルヒマの終端』は昔書いていたシリーズ『魔術士オーフェンはぐれ旅』の後日談にあたるものなんですが、当時書くかどうか悩んでやめたエピローグでもあります（こんな長大なものではもちろんなかったですが）。

それをこういう風に形にするにあたっては、またなかなかに長ーい経緯があったりもするのですが。

一応、シリーズの一冊目ということでそのへんに触れておこうかと、若干真面目なトーンでお送りしております――

「うおりゃあ！　ゲブリゲドックゲブリゲドック！」

ああどうも担当さん。前に限定本として書いた時には久しぶりにヒロイン登場あとがきやったから、こっちではこれ形式やろうっていうことですね。

「青パンツ爽快！　赤パンツ爽快！」

そんな人でしたっけ担当さん。まあこの形式、しょうもないことは人に言わせて他人顔できるっていうのが便利だったたっていう記憶があります。

「冷めたこと言うなよー」

いや冷めてるとかでもないいんですが。

えー、もともとはこの原稿、ファンタジア文庫の二十周年の企画で、既にある完結シリーズの後日談的なものを書いてみないかい？　ということで書かれたものです。ただまあ、他の原稿が集まらなかったとかそんな事情で企画が流れてしまって。もう三、四年前のことですかねー。

で、わたしはやたら早まってこれ書き上げてちゃってたんですが、内容が内容だけに使い道もないし、じゃあサイトにでも載っけてしまうかと。そのままじゃつまらないのでアレンジして、不定期連載って形で、と。

「テキトーだねー。あれ、不定期って言いながらわりと毎日だったよね」

既にある原稿、切り貼りしただけですしね。楽ちんでした。原稿って既に全部書いてあればこんなに楽なのかと感心したもんです。

「そらまそうだろうけど」

原稿は全部既に書いてあればいいのに。

「そうだろうけど」

そしたら突発的でわけが分からなかったせいもあるんでしょうけど、知らない間に結構反響をいただいていたようで。それを見かけた編集者（現実の）が、これ本にしようよ、と言い出して。

「つーても、いろいろ難があったでしょ」

まあそうなんですよね。ただ幸い、富士見書房さんには快諾いただいて。で、富士見書房ともつながりのあるティーオーエンタテインメントさんで扱ってもらうことになりました。

ただそういういわくのある原稿なので、普通に本にして本屋さんに並べるのもなーという思いはあり、受注生産の豪華本ってことにしてもらったんですよね。

「豪華！」

そんならボリュームも増そうと書き下ろしをしたのが、次巻の内容になる『約束の地で』他で、そして（いろいろ端折《はしょ》りますが）それを普通の本（？）に出し直すことになったのが、これというわけです。

「急に説明やめたね」

いやー、最初書いた時、サイトで掲載した時、限定本にしてもらった時、そんで今回と経緯が続くもんだから、説明どんどん長くなるんですよね。

詳しいお話は別の場所（サイトとか）で進行形で説明しているものがあったりするので、もし気になるという方がおられるならそちらを参照いただければありがたいです。

それはおいといて、この本ですね。このシリーズは設定だけは第四部まであって、これは二部（元シリーズのラスト）～三部の間の話って感じです。次巻は三部と四部の間になるわけですが。

その後に、第四部を書いていくっていう予定になっています。「じゃあ三部は？」って言われそうですが、四部を見ていただけば大体なにがあったかは分かる感じじゃないかなーと。

「今回の話が元シリーズから見て（主に）一年後、で次の話はそこからさらに二十年後でしょ。かなり時間が飛ぶよね」

飛びますね。次世代編のようになるので。

次の巻の巻末あたりに年表みたいなのまとめてもいい気はするんですが……どっちかっていうと、自分のために。でも怖いなー。炭鉱掘るような気分。大変そうな上に厄介なもの掘り当てそう。

「絶対なんか矛盾あるでしょ」

実際に書いてないですからねー。時系列やらなにやら、確実におかしなところあるはずです。第三部は昔、三年後設定と呼んでいたものなんですが、この後日談を挟んだことでどの時点から三年後なのかよく分からなくなっちゃいましたし。同じような理由で、さっきの二十年後もかなり怪しいです。いろいろ理屈つければ整合性取れないこともないとは思いますが……

「ズボラだねえ」

いえサボってるわけでもなくて、単に脳が弱いんでやんすよ。

じゃ、一応次の巻末で挑戦してみましょうか。今回だとちょっとネタばらしな気配なので。

「そうやって次回のあとがきにネタを回す、と」

冷めたこと言うなよー。

ともあれそんな感じで！　ゆるゆる始まったこの展開ですが、次回の巻末でまたお会いできれば幸いです。ではー。

「ではー」

二〇一一年――　秋田禎信

文庫あとがき

どうも！　あとがきです。

しかも文庫版ということで、これ何度目だったっけというあとがきです。元々懐かしいシリーズなんですが、その続編になったこのお話のほうも気づけばかなり遠い昔のものなんですね。

もともとの発端は実際の初出になった時よりもっと前で、もう十年前くらいになるんじゃないでしょうか。完結した色んなシリーズの後日譚を書こうという企画があったんですがわたし先走って書いてたのがこのお話です。

なんですが、他の作家さんたちが書いてくれなかったらしくて企画のほうがなくなっちゃって。やっぱりみんな書きたがらないんですね、既に完結した話の続きって。

まあ気持ちは分かります。わたしも結構迷いましたし。せっかくどうにか終わりにこぎ着けたのに……ってことですよね。

今はどうか分からないですが、九十年代当時のライトノベルのあるある問題というか、結末の見えない状態で展開を転がし続けないといけなかったんですね。あと気づかれたでしょうか。九十年代って、そのライトノベルって言葉もなかったくらいなんですよ(誰かが言い出してはいたかも)。

それはともかく話をもどして。

迷ったといっても、この話書くこと自体にはそんなに苦労なかったと思います。ていうのも、元々のシリーズの最終巻にはあえてカットしたエピローグの続きがあったからです。この話の序盤がそれにあたります。

クリーオウが旅立ちを決意するまでのくだりですかね。当時のわたしは「そんなのはわざわざ書かなくても読めば伝わってるはずだ！　むしろ書いたら台無しだ！」みたいなことを床を転げ回りながら主張したもんでした。青いですね。今だったらそんなんは指さして笑ってしまいますが。

うん、でもその青さだったんだろうなあと思います。わたしにとってのオーフェンシリーズっていうのは楽しいこともたくさんしたけど、わたしの未熟さとか阿呆さそのものでもあったんだよな、と。

時間を経てそれと向き合うっていうのがこの「キエサルヒマの終端」でした。数年経って、昔のわたしだったら書けなかったことを書こうと。

そこからさらに色々あって、この後日譚の続編までたくさん書くことになりましたが、気持ちはそんなノリでした。みんなで海を渡るっていう設定自体はかなり昔からあったと思うんですが。

というわけで、これから文庫版に何冊かあとがきを書き続けるってことのようなので最初は真面目っぽくやっておきました。以後はどんどん壊れていくかもしれません。

それでは、次の巻末でお会いできれば幸いです。

二〇一七年六月――　秋田禎信

動!
キエサルヒマの終端
Season 2 : The Sequel
約束の地で
Season 4 : The Pre Episode
原大陸開戦
Season 4 : The Episode 1
解放者の戦場
Season 4 : The Episode 2
魔術学校攻防
Season 4 : The Episode 3
鋏の託宣
Season 4 : The Episode 4
女神未来（上）
Season 4 : The Episode 5
女神未来（下）
Season 4 : The Episode 6
魔王編
Season 4 : The Extra Episode 1
手下編
Season 4 : The Extra Episode 2
第四部文庫化10か月連続刊行!
魔術士オーフェンはぐれ旅
SORCEROUS STABBER ORPHEN
Season 4 : The Pre Episode
約束の地で
2017年
10月1日発売!